ammann

Matthias Beltz

# *Die paar Tage noch*

Ammann Verlag

Umschlaggestaltung: Yvonne Pietz und Olaf Rahlwes
Umschlagfoto: Heinz-Joachim Schlüter
Satz: Jung Satzcentrum GmbH, Lahnau
Druck: Offizin Andersen Nexö, Leipzig
ISBN 3-250-10228-8

# *I Gericht*

## 1. *Rechtsanwalt*

Guten Abend, meine Damen und Herren, machen wir uns einen schönen Abend.

Die Wirklichkeit ist so ernst und so furchtbar, daß wir sie ab sofort nicht mehr ernst nehmen.

Worum geht es denn heute? Die entscheidende Frage ist doch: Wer ist Freund, wer ist Feind, und wen muß man sofort erschießen, damit endlich Ruhe ist? Die Serben oder Schirinowski? Die Schuldigen oder die Verantwortlichen? Den Musikantenstadel oder die Fischerchöre? Aber ist dann wirklich Ruhe, wenn nur *die* alle tot sind?

Ja, mir geht's gut. Ich habe mein Lebensmotto gefunden: Die paar Tage noch, die uns bleiben, die lasse *ich* mir nicht versauen.

Die Zukunft haben wir im Griff, die Gegenwart bald hinter uns, und die Vergangenheit war nicht ohne. Ja, auch ich erlebte schon viel Schönes. Und ich habe einen Traumberuf.

Ich bin Rechtsanwalt, und ich werde oft gefragt:

Was hat man, wenn 500 Rechtsanwälte auf dem Meeresboden liegen? Dann hat man eine gute Ausgangsposition.

Ich liebe diese Witze nicht, ich bin gern Rechtsanwalt.

Ich bin kein Staatsanwalt, sondern ein Rechtsanwalt. Ein Anwalt des Rechts und der Gerechtigkeit und nicht Staatsanwalt.

»Hohes Gericht, was ist das überhaupt für ein Subjekt, der Staat, der dauernd einen Anwalt braucht?«

Normalerweise kennt man solches nur aus der Wirtschaft, also von der Mafia, der Camorra, Opel und VW, die haben eigene Anwälte, um ihre Verbrechen zu decken.

Ich bin freischaffender Rechtsanwalt und möchte Ihnen erzählen von einem Verfahren vor der Großen Strafkammer des Landgerichts Frankfurt, das am nächsten Montag eröffnet wird. Da laß ich die Bombe platzen – im übertragenen Sinne bitte, ich bin kein Terrorist, wir sind hier nicht in Wien, und ich bin kein Briefbombenträger. Aber mehr dazu später.

Schon als Kind habe ich davon geträumt: Ich komme auf die Bühne, der Saal ist unruhig und unentschieden, ich halte eine Rede, das Volk tobt – und ich habe die verfolgte Unschuld gerettet vor den Fängen der bösen Richter.

Akim, Sigurd und ich – wer hätte dagegen bestehen können?

Ich kämpfe für die kleinen Leute, ich werde immer für die kleinen Leute kämpfen, drum bin ich Rechtsanwalt geworden, und ich verrate Ihnen: Es gibt nichts Schöneres auf der Welt als einen großen Strafprozeß, den ich siegreich zu Ende führe. Hier weiß jeder, wer sein Gegner ist: Ihr da oben – wir hier unten.

Oft habe ich mir vorgestellt, Anwalt zu sein bei den großen Prozessen der Weltgeschichte: Jesus, Sokrates, Dr. Kimble. Ich hätte alle drei rausgehauen ohne Rücksicht auf die historischen Folgen. Freispruch für Jesus, Sokrates und Dr. Kimble, also kein Christentum, kein Platon und keine Fernsehserie.

## 2. *Der Prozeß Jesu*

Nehmen wir die Strafsache Römisches Reich gegen Jesus von Nazareth. Als Anwalt von Jesus hätte ich mich zunächst gefragt: Wer ist mein Hauptgegner: Pilatus, Kaiphas oder die Pharisäer?

Kaiphas und die Pharisäer argumentieren zwar am extremsten gegen Jesus, doch Pilatus vertritt die Macht, auf ihn also muß ich mich konzentrieren. Jesus hätte ich empfohlen, nichts zu sagen und mir die Sache zu überlassen.

Als Pilatus ihn fragte, ob er der König der Juden sei, antwortete Jesus: »Das haben Sie gesagt.«

Nun war damals die Situation sehr angespannt, denn am Passahfest feierten die Juden die Befreiung ihres Volkes von der ägyptischen Fremdherrschaft. Die römische Besatzungsmacht sah das nicht gerne, zumal es regelmäßig auch zu antirömischen Ausschreitungen kam, die in diesem Jahr besonders heftig waren. Einer der Guerillaanführer war ein gewisser Barabas, den das Volk auch statt Jesus später freigelassen sehen wollte. Jesus hatte keine politische Massenbasis im Volk. Diese Chance hätte ich als Anwalt ausgenutzt und Pilatus in einem Rechtsgespräch unter vier Augen zusätzlich darauf aufmerksam gemacht, daß Jesus sogar einem Soldaten, dem Petrus ein Ohr abgeschlagen hatte, dasselbe wieder medizinisch einwandfrei appliziert habe. Ausschlaggebend aber wäre mein Hinweis darauf geworden, daß Jesus freiwillig, wenn auch von seinem Vater stark beeinflußt, die Todesstrafe am Kreuz anstrebe, um eine große Weltreligion zu gründen, was dann jedoch zur Folge habe, daß er, Pilatus, zwar auch ins Buch der Geschichte eingeschrieben werde – aber als Schurke und Versager. Also hätte ich mit Pilatus folgenden Rechtshandel geschlossen: zwanzig Jahre Zwangsarbeit für den Angeklagten, dafür aber keine Erwähnung des Pilatus in dem dann auch nicht mehr verfaßten Neuen Testament.

Es kam anders, Pilatus wusch seine Hände in Unschuld, Jesus wurde getötet, Gott saß völlig unplugged im Himmel und sang »Tears in Heaven«, der Vorhang im Tempel zerriß, und die christliche Tragödie des Abendlandes begann.

## 3. *Volkschor*

Robin Hood, Perry Mason und Che Guevara – das waren dagegen meine Vorbilder. Die Helden sind tot, das Mittelmaß regiert, drum brauchen wir ein Leitbild.

»Wir brauchen ein Leitbild.« Bevor Laibach kommt.

Wenn ich manchmal aus dem Fenster schau, will ich nicht mehr auf die Straße gehen.

Und dann mache ich mir Mut und sage:

Die paar Tage, die schaffst du auch noch, Junge, laß dich nicht hängen. Überall lauern Henker auf dich.

»Sicherheitshinweis. Lassen Sie Ihr Gepäck nicht unbeaufsichtigt.«

»Du deutsche Sau, Nazischwein, mach weg.«

»Einen schönen Tag noch.«

»Vorsenn bitte, Achtung mal bitte da, vorsenn bitte.«

»Mach das weg da! Wer war dann das? Wer hatten das da hingemacht?«

»Und einen schönen Tag noch.«

»Gebe Geld her, Arschloch.«

»Komm mir bloß her, dann setzt's was.«

»Sicherheitshinweis. Lassen Sie Ihre Kinder nicht unbeaufsichtigt.«

»Heute gehört uns Deutschland ...«

»Stop den Haß ...«

» ... und morgen die ganze Welt.«

» ... wehret den Anfängen.«

»Hör uff, wo hängt's dann wieder?«

»Weiter da vorne!«

»Mal langsam, alter Mann is doch kein D-Zug.«

»Aufhänge, bis Blut aus den Ohren kommt.«

»Bauerndepp, wenn du in der Stadt net fahrn kannst, dann bleib daheim, du Sau, ich hol dich raus aus deim Golf, du Arsch.«

»Sicherheitshinweis: Lassen Sie sich selber nicht unbeaufsichtigt.«

## 4. *Deutschland und das Strafen*

Wenigstens habe ich dagegen mit Menschen zu tun, Mandanten – man assoziiert sofort den Süden, Dante und Commandante –, Menschen, die zu mir kommen, damit ich Ihnen helfe.

Und Sie glauben es nicht, was für Leute zu mir kommen. – Neidhammel, die ihre Nachbarn einmauern, weil sie sie nicht mehr sehen und riechen können, blutrünstige Racheeltern, deren Kindern man die Trommel weggenommen hat, mit der sie nervenleidende Senioren ermorden wollten, Faschisten, Saubande, Dreckskerle – Entschuldigung, das gehört nicht zum Thema, ich beantrage, diese Sätze aus dem Protokoll zu streichen, das habe ich gar nicht gesagt, Herr Vorsitzender, das wäre ja geschäftsschädigend. Wie oft redet man sich um Kopf und Kragen. Auf die Todesstrafe kommen wir noch – mehr dazu später.

Nein, ich liebe meinen Beruf – und das in Deutschland. Das ist nicht einfach. Ja, Herr Vorsitzender, das kann ich beweisen.

DER DEUTSCHE HAT KEIN TALENT ZUR STRAFVERTEIDIGUNG. LIEBER KLAGT ER AN, AM LIEBSTEN RICHTET ER. ER KANN SICH FÜR EINEN ANDEREN OPFERN, UND ER IST SOGAR FÄHIG, EIN LIED AUF DER LIPPE, FÜR ABSTRAKTE BEGRIFFE ZU STERBEN. DOCH DAS BESONNENE, TAKTISCH BEDACHTE EINTRETEN FÜR EINEN ANDEREN – DAS LIEGT IHM NICHT.

Ein Angeklagter steht wegen erwiesener Unschuld vor Gericht. Das nimmt ihm das Volk übel. Unschuldige Angeklagte mag es nicht, besonders, wenn sie so aussehen wie der da: alt, häßlich und ungesund.

So schaut nicht die Unschuld aus, sondern das Verbrechen.

»Ich beantrage Freispruch, weil kein einziger Beweis vorliegt, daß der Mann ein Vergewaltiger ist, selbst wenn ihm die Tat zuzutrauen sein könnte.«

»Du bist ein Schwein, du steckst mit dem unter einer Decke«, muß ich mir dann noch sagen lassen, obwohl ich selten mit Männern unter einer Decke steckte.

Deshalb sind wir Strafverteidiger ganz besondere Menschen, die jeden Tag und jede Nacht leiden müssen, um anderen zu helfen, um euch zu helfen. Ihr ruft doch nachts von der Polizei aus total besoffen bei mir an: »Hol mich raus. Ich will raus hier. Kotz und würg.«

Ich mach's ja gerne, ich erscheine auf der Wache und bringe auch noch ein Handtuch mit, ich mach's ja gerne für euch, auch wenn ich seit Tagen nicht mehr geschlafen habe, ich mach's ja wirklich gerne, auch wenn meine Freundin mich schon längst verlassen hat aus diesem Grunde, die ständigen Telefonanrufe in der Nacht, ihre Eifersucht und meine Müdigkeit... entschuldigen Sie, mir kommen die Tränen, so bin ich von mir selbst gerührt. Eigentlich müßte ich mich jetzt selbst umarmen, mir meine Arbeitsüberlastung verzeihen und mich dann gemeinsam mit mir selbst bei Ulla Kock am Brink aufs Sofa setzen. (Weint.) Ich habe mich doch eigentlich gern. – Ich mich auch. – Warum habe ich damals das böse Wort zu mir gesagt? – Was habe ich eigentlich gesagt? – Du eitler Affe, du kannst so viel tun, wie du willst, und bist doch nicht besser als der Bossi! (Weint.) – O wie furchtbar –

Bitte verzeih mir – ich verzeih mir – ich habe mir auch etwas mitgebracht – wie schön –

Einen Gutschein für eine Urlaubsreise – ich verzeih mir – nach Offenbach. – Jetzt verzeih ich mir endgültig. So blöd kann doch nur ich sein.

Das werde ich auch überstehen, denn ich bin Rechtsanwalt mit Leib und Seele.

## 5. *Karl Graf*

Meine Kanzlei befindet sich in Frankfurt, in Frankfurt am Main, wie ich seit der Wiedervereinigung gern dazusage, ich bin nun mal mehr nach Frankreich orientiert als nach Polen. Frankfurt wird heute oft die Hauptstadt des Verbrechens genannt, das ist natürlich Unsinn. Frankfurt ist die größte Stadt Hessens, und die Hessen besitzen einen eigenen Humor, den manche für kriminell halten. An sich aber ist der Hesse gutmütig, die Hessin auch. Beide sind von Haus aus nett und hilfsbereit. Da fährt man schon mal mit dem Panzer in den Knast, holt den Kumpel raus, und dann ab über den Akker, daß die Polizei nicht hinterherkommt.

Auch stark war im Frühjahr 1993 ein international weit beachteter Humorwettbewerb in Südhessen zwischen der Firma Hoechst und der RAF, wer die meisten Anschläge schafft. Hoechst hat gewonnen und gleich eine Jahreshauptversammlung der Aktionäre veranstaltet, so heißen bei denen die Sympathisanten, und dort wurde beschlossen: Der Kampf geht weiter, die Rohre sind alle noch undicht, warum sollen wir die reparieren?

An meinen allerersten Mandanten erinnere ich mich, als wär's ein Stück von mir. Ich weiß noch genau, wie der hieß: Karl Graf. Alles begann am 9. Mai 1976.

Er wird gerade zur Person und später dann zur Sache vernommen.

»Sie sind Herr Graf, weder verwandt noch verschwägert, geboren am ...?«

»Ja, woher wissen Sie das? Ich wurde tatsächlich

geboren von meinem Fräulein Mutter damals im Sternzeichen der Schlafmütze, mein Aszendent ist der Penner. Ich bitte daher um ein astrologisches Strafmaß.«

»Sie sind von Beruf?«

»Ich bin heute als Angeklagter berufen worden.«

»Bitte?«

»Ja, großes An, kleiner geklagter.«

»Jetzt kommen Sie doch mal zur Sache.«

»Ich bin doch noch bei meiner Person.«

»Gut, dann zu Ihrem Elternhaus ...«

»Herr Obergerichtsrat, ich bin von der Herkunft her Radfahrer. Mir wurde es immer sehr schwer gemacht als Kind. Immer stehn Bäume da, wo ich mit dem Fahrrad fahr. Ich sage mir, es ist so viel Platz vorhanden, man könnte die Bäume ganz woanders hinstellen und nicht so, daß, wenn ich eventuell ...«

»Nun sagen Sie uns doch mal etwas zum Tathergang.«

»Ja gerne, die Tat ging hin, die Tat ging her, ich aber kam, und zwar von links, und wollte direkt, da merke ich auf einmal, daß von rechts überhaupt keiner kommt. Nun, dacht ich mir, wenn du demnach jetzt in diese Richtung, so hast du doch die Möglichkeit – und auf einmal, Herr Oberrechtsvollzieher – auf einmal dacht ich mir: So.«

»Wie?«

»Wie wie?«

»Wie: So?«

»Ach so: Wieso? Sie sind aber ein Schelm, Herr Rat. So, dacht ich mir, jetzt denk mal nicht dran, und weil ich doch nun nicht dran dachte, dacht ich mir, wenn du nicht dran denkst, kannst du auch nicht auf den Gedanken kommen, und dadurch wollt ich direkt, weil – auf einmal war er da, der Baum vor mir.«

»Und dann kam es zur Tat?«

»Trefflich geraten, Herr Rat, hinterher habe ich auch gelacht.«

»Und wie kam es zur Tat?«

»In der Tat kam es mir gar nicht, sondern ich ohne Rad nach Hause, Herr Rat, und sagte mir, wo ein Wille ist, ist auch ein Weg. Und dann habe ich sie genommen, die Motorsäge für den Baum, und bin baumwärts gegangen, mein Fahrrad war doch kaputt.«

»Und bevor Sie das Haus verließen …?«

»Da verließen sie ihn, NEIN, ich traf meine lieben Eltern im Flur, die wohnten damals noch bei sich daheim, und dann war es so eng im Flur, ich bin mit der laufenden Säge vorbeigewandert und wunderte mich eine Weile, und plötzlich hatte ich vier Elternteile.«

Der Mann war angeklagt wegen Doppelmords an seinen Eltern. Und zum Schluß hat er um mildernde Umstände gebeten, weil er ja jetzt Vollwaise ist.

Bei ihm bemerkte ich zum ersten Mal, daß die Sprache nicht der Verständigung zwischen den Menschen dient, bloß der Erzeugung von kommunikativem Geräusch. Nun ist das kein Grund, nicht miteinander zu sprechen, im Gegenteil.

Aber mir gefiel der Mann, auch wenn ich ihm damals nicht helfen konnte. Den kleinen Leuten helfen, auch wenn sie einem auf die Nerven gehen, dazu war ich ja angetreten. Und dafür stehe ich heute noch.

# 6. *Der Montagsprozeß*

Am kommenden Montag beim Landgericht steht für mich alles auf dem Spiel. Ich bin Verteidiger in einem großen Betrugsprozeß. Es geht um Millionen. Im letzten Jahr fanden die berühmten Wohltätigkeitsbälle statt unter dem Motto: »Miteinander tanzen statt sich gegenseitig umbringen.« Sie werden sich erinnern, Sie haben den guten Zweck mit Ihrer Anwesenheit doch auch unterstützt. Diese Bälle waren wahnsinnig erfolgreich, die Eintrittskarten kosteten zwischen 100 und 500 Mark, und jetzt ist das ganze Geld verschwunden. Der Ertrag, pro Karte 10 bis 50 Mark, sollte für einen guten Zweck dienen, welcher das nun war, da bin ich im Augenblick überfragt. Obdachlose Robben in der Antarktis? Keine Ahnung.

Kurz vor Weihnachten bin ich auch einmal hingegangen in die Alte Oper. Schon die Begrüßungsrede eines Kommunalpolitikers war großartig:

»Guten Abend, meine Damen und Herren, ich *heiße* Sie willkommen, so *heiß* ist es im Saal. Besonders im Winter ist es innen heißer als am Tag, weil es ja nur nachts kälter ist als draußen. Was ich damit sagen will, ist, daß wir heute alle zusammen sind, damit wir auch morgen zusammenbleiben können. Das klingt jetzt wie SPD – und so meine ich das auch. Wir haben großartige Künstler-Innen aus den einzelnen Stadtteil-Innen- und -Außenbezirken, Hunde, Senioren – nein, der Bund der Senioren, und worüber ich mich besonders freue, ist, daß auch immer noch die ehemaligen Häftlinge aus der

DDR dabei sind. Nein, falsch, bei uns sind die aus dem Faschismus, die aus der DDR gehören der CDU.«

Dann hat der noch ein Lied gesungen und eine Blüm-Parodie verbrochen. Deshalb steht er jetzt auch vor Gericht wegen des Urheberrechts an der Idee, Politiker zu parodieren.

Bevor es dann zur Tombola kam, wurden auf dem Podium begrüßt Luise Rinser, Horst-Eberhard Richter, Uta Ranke-Heinemann, Eugen Drewermann, Lea Rosh und Franz Alt.

Das sah aus wie ein Plädoyer für die Todesstrafe.

Und dabei sind die noch nicht einmal die Schlimmsten. Hinter diesen notorischen Sozialreflexen, diesen psychiatrisch anerkannt guten Menschen, steckt eine kriminelle Vereinigung aus sozialen Kriegsgewinnlern. Und die stehen am Montag vor den Schranken der Justiz. Aber ich werde sie auflaufen lassen, da garantiere ich zum ersten Mal in meiner beruflichen Laufbahn, daß es nicht zum Freispruch kommt. Die sollen mir büßen.

Da kommt es zum Klassenkampf. Und darauf habe ich wieder Lust. Manchmal möcht ich gerade hingehn und ein paar von den Schuften einfach totschießen. Silvester 1993 war am Vormittag im Fernsehen eine Übertragung aus der Frankfurter Börse. Da sind die Aktienkurse explodiert. Am letzten Tag des Horrorjahres 1993 sind die Aktienkurse wie eine Rakete nach oben gesaust. Warum? Ein Experte hat den Zusammenhang zum Sozialabbau erklären können:

»Das ist ja auch was ganz anderes, Herr Lehmann, bei uns geht es um die Gewinne, das hat mit den Arbeitslosen usw. nichts zu tun, obwohl ich diese Menschen sehr bedaure.«

Da werde ich innerlich zum Massenmörder. – Als Anwalt darfst du so etwas nicht denken, aber ich bin doch kein Empörungsrentner. (Mein Haß ist noch lange nicht im Ruhestand. Herr Vorsitzender, der Kampf geht erst los.) Wer ist Freund, und wer ist Feind?

Liebet eure Feinde? Gern, aber immer, doch gemach – erst muß ich wissen, wo sie sind, und dann schaun mer mal, und dann kann ich sie immer noch lieben.

## *7. Frau gegen Glücksrad*

Die nächste Woche steckt voller Perlen der Gerechtigkeitssehnsucht. Eine Frau, meine Mandantin, klagt gegen SAT1 auf Herausgabe einer Camcordcamera, die sie angeblich beim Glücksrad erspielt, nachdem sie bei »Geh aufs Ganze« mit Jörg Draeger nur den Zonk gewonnen hatte und danach trotzdem nicht zu »Schreinemakers live« eingeladen wurde. Sie klagt jetzt zusätzlich auf eine Gegendarstellung in der BILD-Zeitung, weil SAT1 sich damit rausredet, sie habe beim Glücksrad den Schnellkochtopf und das Entspannungswochenende in Bischofferode in einwandfreiem Zustand erhalten. – Darüber müssen Gerichte entscheiden, das ist mein Alltag.

Angetreten war ich mit der Liebe zur Gerechtigkeit.

DAS ZIEL DES RECHTS IST DER FRIEDE, DAS MITTEL DAZU DER KAMPF. SOLANGE DAS RECHT SICH AUF DEN ANGRIFF VON SEITEN DES UNRECHTS GEFASST HALTEN MUSS – UND DIES WIRD DAUERN, SOLANGE DIE WELT STEHT –, WIRD IHM DER KAMPF NICHT ERSPART BLEIBEN. DAS LEBEN DES RECHTS IST KAMPF, EIN KAMPF DER VÖLKER, DER STAATSGEWALT, DER STÄNDE, DER INDIVIDUEN.

Der Kampf ums Recht ist verloren, gekämpft wird darum, daß der andere Unrecht hat, darüber wird tagelang verhandelt, ist das mein Beruf?

Wer da seinen Verstand nicht verliert, der hat keinen zu verlieren ...

## 8. *Volk und Tragik*

Meine Damen und Herren, Sie verstehen mich, Sie sind ein wundervolles Publikum, aber leider auch noch mehr. Sie sind das Volk. Das ist schon hart. In Ihrem Namen ergehen die Urteile, weil laut Grundgesetz von Ihnen die Staatsgewalt ausgeht. Wenn man jetzt das Licht anmachen würde und sich umschauen, könnte man sagen: Das Grundgesetz ist so nicht gelungen. Doch wir wollten uns einen schönen Abend machen.

Es ist nicht einfach mit dem Volk, ob es als Wahlvolk zur Urne geht und alles falsch macht oder ob es Musik macht, Volksmusik halt. Manchmal ist das Volk auch Publikum.

Davon gibt es zwei Arten. Das eine Publikum geht abends aus ins Kabarett, ins Kino, ins Theater und will sich amüsieren, hört auf jeden blöden Witz, lacht sich halbtot, klatscht sich auf die Schenkel – das ist das richtige Publikum.

Dann gibt's andere, die kommen her, um rumzumaulen, denen dauert alles viel zu lang, oder es geht ihnen zu schnell, denen bleibt darum das Lachen im Halse stecken, dann kotzen sie auf den Boden und wischen es nicht weg. Das ist das falsche Publikum.

Sie sind das richtige Publikum, darum finden wir heute abend Antworten auf unstillbare Fragen, das Existentielle und die Absurdität des Lebens. Das alles weist ja schon in die Vergangenheit, quasi in die 50er Jahre, aber wir wollen noch einen Schritt weitergehen. Ich sage mal als Stichwort: Währungsreform und Äschylos,

Helena und Wiederbewaffnung, Troja, also Griechenland.

Heute Abendland, nunmehr Christliches Abendland. Das Christliche Abendland ist stark veraltet. Das hat verschiedene Gründe. Wir haben drei Epochen in der Geschichte: Am Anfang war Griechenland, die Antike, dann kam das Mittelalter, hier haben wir die katholische Kirche mit vielen Lagerfeuern, und es folgte die Neuzeit, und die war Preußen, Königsberger Klopse und Immanuel Kant. Alle drei Faktoren gehen wir heute abend durch, damit wir es hinter uns haben, denn das Ende Europas ist eingeläutet.

Hohes Gericht! Es geht um die europäische Geschichte, die wiederum vom Wetter und vom Mythos beeinflußt wurde. Das fing an sich gar nicht mal so schlecht an. Ich sage nur Orestie, also Iphigenie. Wenn Ihnen das was sagt. Das ist kein Parfüm, das war eine arme Frau, eine andere Frau war noch Klytämnestra, keine von ihnen soll überlebt haben, was kein Wunder ist: Es ist ja auch schon sehr lange her und hängt auch damit zusammen, daß damals viel gemordet wurde. Darum war das Theater auch noch besser.

Bei den Griechen fuhr Gewalt schon auf der Straße:

»Sicherheitshinweis. Lassen Sie Ihre Töchter nicht unbeaufsichtigt.«

»Barbaren raus, Barbaren raus.«

»Heute gehört uns Hellas und morgen die Alte Welt.«

»Hör uff, wo hängt's dann wieder?«

»An den Thermopylen.«

»Mal langsam, ein alter Mann ist doch kein Marathonläufer.«

»Bauerndepp, wenn du in der Stadt net fahrn kannst,

dann bleib daheim, du Sau, ich hol dich raus aus deim trojanische Gaul, du Arsch.«

»Sicherheitshinweis: Lassen Sie Ihre zuständigen Götter nicht unbeaufsichtigt.«

Und deshalb war das Theater gut in der Antike, weil es ja dagegen war, daß gemordet wurde. Bei uns wird heute auch viel gemordet, aber das Theater ist noch nicht so weit, erklären zu können, warum das nicht gemacht werden soll. Sie sehen, wir leben in einer ganz anderen Kultur, sind aber trotzdem davon geprägt. Jetzt begegnen wir noch Orest und auch Elektra.

Die Antike interessiert mich sehr. Ich wollte mal eine Doktorarbeit schreiben: »Wäre nach heute geltendem Völkerrecht der Trojanische Krieg zu verhindern gewesen?«

Diesem ging ein hochdramatisches Ereignis voraus.

Es hatte ein Bruder Leichtfuß eine Frau geklaut, der Paris die schöne Helena, die Ehefrau des Menelaos, eine sehr frauenfeindliche Aktion an sich, so sieht man es heute. Nun hat der Vater der Iphigenie, Agamemnon, der Bruder des Menelaos, gesagt, wir müssen jetzt einen Krieg machen, den Feminismus gibt's noch nicht, und Alice Schwarzer kann der Helena auch nicht helfen, sondern wir müssen die Sache selber in die Hand nehmen.

Menschenraub ist strafbar, aber nach der Haager Landkriegsordnung kein Grund für einen Krieg. Hinzu kommt, daß erst geprüft werden muß, ob Helena vielleicht doch einverstanden war mit dem Ortswechsel. Trotzdem sagt Iphigenie, sie habe nichts dagegen, macht ihr euren Krieg, und ich betrachte mir die Soldaten. Die Krieger, das waren schließlich ganz fesche

Jungs und manche sogar Helden und sehr attraktiv. Nun sagt der Agamemnon, er habe nur noch ein Problem, nämlich das Wetter, das sei für den Krieg überhaupt nicht günstig. Die Schiffe dümpelten im Hafen herum und wollten gar nicht hinaus ins feindliche Schlachten nach Troja, obwohl dort die Helena ist; sagt Iphigenie, das geht mich nichts an, ich bin für die Schiffe nicht zuständig, sondern später erst für Goethe auf Tauris. Antwortet der Vater, ob du was mit dem Goethe hast oder nicht, das interessiert mich jetzt nicht, du wirst geopfert, damit das Wetter besser wird und Wind aufkommt für die Schiffe.

Das ist an sich ein humanistischer Gedanke, daß man nur einen Menschen opfert dafür, daß das Wetter besser wird, statt wie bei RTL ständig die Wetterfee zu wechseln oder den ganzen Wetterdienst in Offenbach in die Luft sprengt aus lauter Zorn – ein einfaches Menschenopfer dagegen zeigt also eine echt antike Einstellung zum Leben.

Die Iphigenie wollte nun nicht, mußte aber dann doch, Stichwort: Schicksal, Verstrickung und Tragik, das Wetter wurde besser.

Hier liegt kein völkerrechtswidriger Akt vor, sondern bloß die totale Mobilmachung. Außerdem war der Mittelmeerbereich ein geopolitischer Großraum, in dem Konflikte wie heute in Bosnien eher als Innenpolitik zu sehen sind. Denn beim Trojanischen Krieg kam es auch nicht zur Intervention raumfremder Mächte. USA, Rußland, Japan, Deutschland haben dort, soweit ich weiß, nicht eingegriffen. Die Invasion der Kampfgruppe Schliemann fand später statt.

Schlußfolgerung: Nach heute geltendem Völkerrecht

hätte man den Trojanischen Krieg nicht verhindern können, unabhängig davon, was eine solche Kriegsverhütung für gräßliche Folgen für die Weltliteratur gezeitigt hätte: Ilias, Odyssee, der ganze Homer, Virgils Äneis, die römische Kultur, James Joyce, Peter Steins Orestie – alles Fehlanzeige.

Vom Krieg selber brauche ich nichts zu erzählen, den Ablauf solcher Bewegungen kennt man aus dem Fernsehen. Aber wie es zum Krieg kommt, das ist oft ein Geheimnis und dadurch interessant, ebenso wie das, was danach folgt.

Als der Trojanische Krieg vorbei war, hat die Frau vom Agamemnon, die Klytemnästra, ihn umgebracht, und dann hat der Orest seine Mutter umgebracht, und die Schwester, die Elektra, hat ein neues Kleid gekriegt. Weil sie jetzt Trauer tragen mußte, alle waren sauer vor lauter Trauer, die Erinnyen kamen und sangen: »Wehe, wehe, wer verstohlen des Mordes schwere Tat vollbracht, wir heften uns an seine Sohlen, das furchtbare Geschlecht der Nacht.« Die Rachegöttinnen waren damals ja die einzigen, die eine Nachtkonzession besaßen – die Stimmung erreichte einen absoluten Tiefpunkt. Da haben die Griechen gesagt, jetzt reicht's, wir fangen mit der Antike an, da muß Ordnung rein, Recht statt der ewigen Blutrache, die letztlich funktioniert wie ein Kettenbrief. Das Recht ist sauberer und übersichtlicher, und damit begann das Abendland und mit ihm das Gerichtswesen, und später kam es sogar zu Rechtsanwälten.

Aber ob das jetzt ein Fortschritt ist – von Troja nach Sarajevo – – – – stelle ich anheim, Herr Vorsitzender.

Interessant ist nun, daß diese geschichtliche Revolution ganz privat begonnen hat als erotische Verwicklung. Das Private und das Politische sind Zusammenhänge, die immer wieder ineinander übergehen und häufig zur Tyrannei der Intimität über die öffentlichen Angelegenheiten führen.

## 9. *Der kleinliche Schriftsatz*

Wie im Fall Kramer vs. Kramer. Wir haben hier ein Lehrerehepaar aus dem Frankfurter Westend, ich vertrete die Frau; obwohl beide schon seit über 11 Jahren verheiratet sind, wollen sie sich nicht scheiden lassen. Das gemeinsame Kind befindet sich im Internat am Bodensee, die gemeinsame Liebe im Eimer, der gemeinsame Hund ist unbekannt entlaufen, und der gemeinsame Wagen, ein Opel Omega, Baujahr November 89, steht seit Silvester 1992/93 auf einem Schrottplatz in Böblingen.

Nun klagt sie gegen ihn auf Erfüllung der ehelichen Pflichten, genauer der Pflichten aus der ehelichen Lebensgemeinschaft nach § 1353 Abs. 1 Satz 2 BGB: Kochen, Spülen, Einkaufen, Putzen und Verwandte einladen. Begründet ist die Klage damit, daß sie zwar doppelt soviel verdient wie er, er aber daraus nicht das Recht ableiten könne, die Hausarbeit zu verweigern. In seiner Klageerwiderung bestreitet er alles. Jetzt muß sie den Beweis erbringen, daß er ein Faulenzer ist. Also reicht sie 25 Fotos ein, auf denen der Zustand der Wohnung gezeigt wird, während sie eine Woche auf Erholungskur in Bad Orb verbrachte. Auf den Fotos, die von ihrer Schwester aufgenommen wurden, die einen Drittschlüssel zur Wohnung besitzt, sind jeweils auch die aktuellen Tageszeitungen zu sehen aus der Woche vom 9. November bis zum 16. November 1993 sowie die völlig verwüstete Drei-Zimmer-Wohnung. Dazu liegt vor eine eidesstattliche Versicherung des Drogisten, daß dieser Film am 17. November 1993 zum Entwickeln gebracht wurde.

Der Zustand der Wohnung auf den Fotos ist dergestalt, daß das Gericht dieses Beweismaterial als niederschmetternd anerkennt.

Nun kommt er mit einem Schriftsatz, in dem er seine Verweigerung der Hausarbeit mit seelischer Grausamkeit der Klägerin begründet. Fast jedesmal vor Vollzug des ehelichen Geschlechtsverkehrs breche die Klägerin in unbändiges Lachen aus, was es ihm, dem Kläger, daraufhin unmöglich mache, den GV zu vollziehen. Zwei MC-Cassetten mit der Aufnahme des Lachens der Klägerin im Schlafzimmer liegen der Akte bei.

Er erhebt daher Gegenklage auf Unterlassung des Lachens. Die Klägerin dagegen vertritt die Rechtsposition, ein generelles Lachverbot in der Ehe verstoße gegen das Grundgesetz und die Genfer Konvention. Zusätzlich verlangt sie Herausgabe der Lachbänder aus dem Recht am eigenen Geräusch.

Jetzt schlage ich meiner Mandantin als Vergleich vor, daß sie dann eben erst hinterher lacht und er danach die Hälfte der Hausarbeit übernimmt und daß sie, unter Androhung einer Buße von DM 1000 Mark bei Zuwiderhandeln, sich verpflichtet, ihm nicht den Schwanz abzuschneiden.

Das Abbild eines abgeschnittenen Penis in der BILD-Zeitung mit Herkunfts- und Verfalldatumsangabe erscheint mir ehrenrührig.

## *10. Die Überfunktion der Lynchdrüse*

So etwas öffentlich auszutragen ist doch schamloser Sozialstriptease. Das müßte verboten werden, dieses öffentliche Klagen über die intimsten Dinge. Es existiert heute keine Scham mehr, jeder zeigt seine intimsten Wunden und versteckten Stellen.

Dies ist furchtbar anzuschauen! – Aber auch aufregend, geradezu anregend, zumal in der Fernsehgesellschaft, in der wir leben müssen.

Schauen Sie mal bei Ilona Christen vorbei – der Talkshow mit sechs Jammerlappen aus sieben Putzeimern –, ah, ist das toll. Da waren neulich mal Leute – mein Gott, die erste Frau sagt: Mir geht's schlecht. Deshalb war sie ja auch eingeladen.

Der zweite Gast meint, ihm geht's noch schlechter, sagt Ilona Christen: »Vielen Dank, erst mal Werbung«, und dann kam Always ultra, Camelia, der Melitta-Mann, diese Mensch gewordene Filtertüte, Heckler & Koch für die ganze Knorr-Familie, Pampers und o.b. – alles Sachen zum Dichthalten. Denn Deutschland ist das Volk der Dichter, der Abdichter, saugfähig und strampelfest. Und dann wieder Ilona Christen – ich weise auf den Untergang des Christlichen Abendlandes hin – mit ihrem 3. Jammerlappen. Die Frau erzählte, daß sie vor Zeiten mit ihrem Mann aus dem Hause ging – und – mein Gott – da hat ein Unbekannter ihren Mann erschossen. Da hab ich mich gefragt – warum denn nicht alle beide.

Es herrscht ungute Stimmung hier in Deutschland.

Als gegenwärtig soziale Hauptfigur haben wir den Typus des Jammerlappens und den des Klageweibes, sie jammern und lappen, klagen und weiben.

Zu diesem Themenkomplex der mentalen Lage der Nation liegt ein Gutachten vor. Ich beantrage Anhörung von Prof. Dr. Erich Cadivec vom Lehrstuhl für Chemie und Neurologische Geschichte an der Justus-Liebig-Universität zu Gießen.

»Das deutsche Volk, insbesondere der deutsche Volkskörper, ist krank, er leidet an einer zerebralen Magersucht durch den Wasserkopf in Bonn und zusätzlich an einer Überfunktion der Lynchdrüse, was zu einer Ausweitung der Mordtätigkeit führt. Die Lynchdrüse ist die Nachbardrüse der Schilddrüse. Die Lynchdrüse ist die mit dem Schwert – die »Kopf ab!«-Drüse –, die Schilddrüse die mit dem Schild. Schild und Schwert waren im Osten die Stasi für die Partei, Lynchdrüse und Schilddrüse sind dann quasi die Stasi des Körpers.

Das hat alles tiefere chemische Ursachen: Die Körperchemie der Deutschen ist für sozial notwendige Ekstase nur unzureichend ausgestattet.

Die körpereigenen Drogen für das Volk reichen nicht aus. Was nimmt der anständige Deutsche normalerweise?

Alkohol, Nikotin, Heroin und Benzin. Nun tritt als fünfte Volksdroge das Blut als Rauschmittel hinzu. Gerade auch Jugendliche werden zusehends mordabhängig. Sie träumen von künstlichen Paradiesen des entspannenden Tötens im Hier und Jetzt. Morden ist in.

Woher kommt das? Diese Geschichte hat tatsächlich

mit der Vergangenheit zu tun, und zwar mit dem 20. Jahrhundert. Das 20. Jahrhundert ist an sich in Ordnung, das ist wissenschaftlich abgesichert, es geht auch zu Ende wie jeder Tag, dauert noch etwas länger, aber immerhin.

Besonders schädlich allerdings haben sich verhalten die Deutschen. Deutsche, nicht nur Pfälzer und Hessen, nein, auch Thüringer, Sachsen und Anhalter.

Deutsche haben sich relativ verhalten wie die Axt im Haus. Zwei Weltkriege, Völker ausrotten, Völkermord mit Zugabe. Die Frage: Darf's etwas mehr sein, wurde immer mit Jawoll beantwortet. Das war ungehörig, so daß sich die Alliierten sagten: Jetzt reicht's. Jetzt ist es soweit, mit uns nicht mehr. Das ist nicht nur nicht mehr schön, nein, die sind ja krank, haben sie gesagt und Deutschland 1945 auf Kur geschickt nach dem Nürnberger Rezept.

Die Ossis, also Mitteldeutschland, kamen auf Radikalkur, vollständiger Wohlstandsentzug, als Folge haben wir die Bitterfelder Rachitis, die Westdeutschen haben eine Rehabilitation nach Dr. Marschall und Mr. Plan verschrieben gekriegt, Ergebnis: Geiz und Menschenstopfleber. Stalingrad und Auschwitz waren sehr anstrengend, die Deutschen waren erschöpft, nach 1945 total erschöpft, erst kriegt man die totale Mobilmachung, und dann ist man total erschöpft, sie konnten nicht mehr, sie konnten sich an nichts mehr erinnern und wollten sich an nichts mehr beteiligen, was Weltpolitik ist. Sie haben sich gesagt: Wenn noch einmal irgendwo ein Krieg ausgeht, mit uns nicht mehr. Wir haben keine Lust mehr, jetzt ist Schluß, wir halten uns aus allem raus und überlassen den Dreck den anderen und haben dadurch den Überblick. Hier haben wir das ›Ohnemichel-Syndrom‹.

Die Zeit ist jetzt vorbei, seit 1989 ist der Krankenschein abgelaufen, die Deutschen sind wieder voll dabei. Die Kur ist zu Ende.

Und das weiß man ja, wenn man selber mal auf Kur war, wenn's vorbei ist, geht's einem oft noch schlechter als vorher. Der Kurschatten ist weg. Der Kurschatten Deutschlands war der Wohlstand. Das geht uns im Grunde so wie einem Patienten, der vierzig Jahre in der geschlossenen Abteilung war und sich plötzlich in der Fußgängerzone zwischen Tschibo und Eduscho entscheiden soll. Hier fängt die Schizophrenie erst an, die schlechte Laune beginnt, und dadurch entsteht die Überfunktion der Lynchdrüse. Das ist schwierig und macht die Sache nicht einfacher. Aber wir sind erst bei der Diagnose. Kommen wir zur Therapie.

Wir sprachen darüber, daß viel Herzenskälte herrsche in Deutschland, auch von Gemütskälte ist die Rede, und es wird geklagt auch darüber, daß es keine Gemütlichkeit gebe.

Gemütlichkeit aber stellt sich nicht her in den Frösten der zügellosen Freiheit, Gemütlichkeit entsteht dort, wo Menschen miteinander sind, Gemeinschaft ist statt Gesellschaft, wo der eine für den anderen denkt, also in der Knechtschaft.

Führen wir darum auch in Deutschland die Sklaverei wieder ein, wir kennen das aus der Kindheit – »Onkel Toms Hütte«, »Vom Winde verweht« I und jetzt II –, das sind klare Verhältnisse und treusorgende Familienväter.

Und damit sind wir bei unserem Thema: der Staat.

Was ist der Staat? Wo kommt er her? Wo geht er hin? Was macht er in der Zwischenzeit? Der Staat selbst ist ja auch ein Ausländer und kommt aus Griechenland und heißt dort Polis. Das Wort *Polis* haben die Griechen vom germanischen *Polizei* übernommen. »Ordnung schaffen wie die Affen.« Denn die Germanen lebten ja noch auf den Bäumen, als die Griechen ihren Staat schon auf dem Marktplatz Gassi führten. Der Grieche aus Griechenland funktioniert als Demokrat nur so lange, wie es Sklaven gibt, die die Arbeit leisten, die er nicht machen kann, weil er abends zu politischen Terminen gehen muß.

Hohes Gericht, wie sieht es bei uns aus? Jahrhundertelang das Land der Griechen mit der Sehnsucht suchend, haben wir es gefunden. Griechenland ist überall. Vulkane brechen aus – Hephaistos; Flugzeuge stürzen ab – Ikarus; Busse irren ziellos durch die Gegend und belästigen Leitplanken – Odysseus; der Islam steht vor der Tür – Gyros mit Tsatsiki; das alles zeigt doch, daß die Demokratie am Ende ist. Nur sind diesmal nicht die Herrschenden schuld, die da oben, volkstümlich die Schweine genannt. Nein, die sind ja harmlos, und genau darum dreht das Volk doch durch, weil sie so harmlos sind. Das ist doch furchtbar, das möchte doch kein Mensch mehr länger sehn.

Demokratie ist Volksherrschaft, Schweinestall ohne Bauer, Massentiere ohne Haltung. Das Volk will über sich keinen Sklaven sehn und unter sich keinen Herrn. Und deshalb ist die Demokratie am Ende.

Nun könnte jemand daherkommen und sagen: Halt! – Gut. Er könnte das Argument verstärken, indem er sagt: Falsch! – Auch nicht schlecht. Er könnte ein drittes

Argument hinzufügen, indem er spricht: Die Demokratie ist erst am Anfang! – Das klingt pfiffig, das klingt wie mitgedacht, das ist naturgemäß Schwachsinn.

Denn wir haben ja viel zuviel Demokratie. Abstimmen, urabstimmen, wählen, auswählen, abwählen, antreten, zurücktreten – das ist Terror. Auch die Opposition ist ein Elend, schauen Sie sich die Damen und Herren der Opposition doch einmal an, dann wissen Sie, das ist nicht Opposition, das ist Depression.

Nein, Mitbestimmung ist öde, wir wollen mehr als nur dagegen sein. Was wollen wir? – Fressen, ficken, saufen, in Urlaub fahren und daß die Rente sicher ist. Damit sind wir bei den drei Säulen unserer Kultur: Hochzeit, Mahlzeit und Freizeit.

Alle drei werden verbunden durch die Gemütlichkeit. Darum sagt man ja auch in Deutschland, »Ein Prosit der Gemütlichkeit«, wenn man den Wesenskern des Grundgesetzes zusammenfassen will.

Führen wir also aus verfassungsrechtlichen Gründen die Sklaverei in Deutschland wieder ein. Auch im Interesse der Asylanten und anderen Ausländer. Schauen Sie, wenn es weltweit bekannt ist, daß in Deutschland wieder die Sklaverei herrscht, wird sich mancher überlegen, ob er dann hierherkommt. Derjenige aber, der kommt, wird hier geschützt sein. Denn der Sklave ist Eigentum seines Herrn, und Eigentum verpflichtet und steht unter dem besonderen Schutz des Grundgesetzes. Wenn mir jemand meinen Sklaven anzündet, wird er sofort erschossen.

Führen wir also auch aus humanitären Erwägungen die Sklaverei in Deutschland wieder ein.

Nun stoßen Sie sich vielleicht noch ein wenig an dem

Namen Sklave, das klingt nicht so schön, erinnert auch ein wenig an das Wort »Slawe«, sagen wir es einfach moderner. Sagen wir nicht »Sklave«, sagen wir »Beamter«. Das ist es doch, was wir eigentlich alle sein wollen: Protestbeamte auf Lebenszeit mit staatlich bezuschußtem Zahnersatz. Wenn das keine Sklaverei ist.

Als Bundeskanzler Willy Brandt damals 1972 das Berufsverbot einführte, hätte man sagen können: Gut, bestimmte Berufe gehören auch verboten. Aber darum ging es ja damals gar nicht, sondern die Leute haben gekämpft gegen das Berufsverbot, weil sie wieder dienen wollten, dem Staate dienen wollten als Beamte.

Dieser Kampf wurde geführt mit einer großen Wut, die kam aus dem Bauch, mein Bauch gehört mir, das entspricht der Natur des Menschen, der Eigenschaft des Leibes, der Leibeigenschaft – danke sehr.«

## 11. Der Freispruch eines Arschlochs

Die ganze Geschichte des 20. Jahrhunderts ist nichts gegen die Enttäuschung, die ich erlebe, wenn ich als Anwalt verantwortlich bin für den Freispruch eines Arschlochs. Ich vertrat einen Wohnungseigentümer aus dem Nordend, der hat seine Mieter mit seinen Hunden terrorisiert, aber sie wollten gegen ihn nicht aussagen. Freispruch für ihn. Dann war da eine deutsche Frau, die denunzierte ihren kurdischen Freund bei der türkischen Polizei, obwohl er gar nicht bei der PKK Mitglied war. Im Prozeß wegen Verleumdung konnte er nicht auftreten – Freispruch für sie.

Aber das schärfste war einer, der hat überall rumgepöbelt, Leute angegriffen, Frauen übelst beleidigt, in einem Bierzelt einen Holländer überfallen, auf seiner Hochzeit bloß schlechte Laune verbreitet, ein Urtyp des häßlichen Deutschen – aber es war nichts zu machen. Freispruch für Lothar Matthäus.

Da kommst du als Rechtsanwalt in den Stand des großen Zweifels. Du stehst mittendrin im Kampf aller gegen alle:

Homo homini enemy – der Mensch ist dem Menschen nicht wohlgesonnen. Warum auch? Die Regel ist der Krieg, und der Rechtsfriede ist die Ausnahme.

## 12. *Klage über die Schamlosigkeit*

Die Welt ist ein wilder Urwald und kein zoologischer Garten. Darum gibt es auch kein Recht, es sei denn, es wird erkämpft aus dem Nichts. Selbst die Natur kennt nicht das Recht des Stärkeren, der Löwe hat kein Rechtsempfinden, wenn er die Antilope jagt.

Die Menschen in Europa glauben, sie lebten im Tiergarten. Der Balkan ist das argwöhnisch und ängstlich beobachtete Wolfsgehege, Skandinavien ein Freigelände für trunkene Fischotter und Deutschland das Exotarium – für Besucher auch nachts geöffnet.

Die Leute gehen als Zuschauer ins Gericht wie in das Affenhaus, um die putzigen Schimpansen zu betrachten.

Oma Tüchtig will den Monat August verbieten lassen vom Amtsgericht, zumindest aber, daß die Leute aus ihrem Stadtteil im August auf die Straße gehen.

### *Oma Tüchtig*

»Im August herrscht der Sommer, oft mit viel Hitze.

Gerade im August in der Sommerhitze geschehen Ungeheuerlichkeiten.

Da wird der Mensch naß, da schwitzt der Mensch und glitscht, der Mensch im August ist sicherheitshalber unruhig und hält nicht still – statt dessen immer diese Bewegungen von schwitzenden Menschen in Unterhemden, gerade Männer stinken oft auch so in ihren

Radfahrerhosen, weißen Tennissocken und Sackbrassen, die einem dann gern ganz nahe kommen, die Männer, nicht die Sackbrassen, und man hat keinen Deostift dabei oder ein Erfrischungstuch – mit Zitronengeschmack. Zitronen? Kein Thema für mich. Ich konzentriere mich auf den August.«

Als unbewußten Redner für Oma Tüchtig hatte ich den Zeugen Grabschmeier laden lassen (schrill schreiend):

»Worum geht's denn? Um den August? Sehr gut.

Im August geh ich gerne in die Äppelwoikneipe, setz mich drauße hin, hab mei Turnbux an und hier obbe mei Tischört, und dann setz ich mich nebbe die junge Mädcher, die sin ja meist sehr luftig und da geh mer ma e bißche ran.

Da spürste so die Äppelcher und also die Weiber quasi, so gewissermaßen, da wird emal rübergelangt zum Bembel, und dadebei greifste zufälligerweise auch ganz woanders hin.

Da wird gelacht und geschäkert, und vier, fünf Schobbe gepetzt, und dann mache mer heim. Gans allaans, weil die junge Dinger, die gehn ja mit unsereinem nemmer mit. Aber es war ma schön.«

### *Oma Tüchtig*

»Männer über dreißig mit kurzen Hosen, mein Gott, war denn alles umsonst, wofür wir gekämpft haben?

Oder diese typische Sommerbewegung.

Wenn die Leute von einem Stuhl aufstehen, auf dem sie sich festgeschwitzt haben, sie schwingen die Hüften nach vorne, rechte Hand nach hinne, und dann wird die eingeklemmte Unterhose rausgezogen.

Haben Sie schon mal gesehen, wie elegant Pferde sich dagegen im Sommer bewegen? Was? Die haben auch keine Unterhosen an?

Selbst wenn, wären Pferde immer noch eleganter.«

Soweit Oma Tüchtig.

Es folgte meine geschichtsrechtliche Begründung für das ersatzlose Verbot des Monats August:

»Das 20. Jahrhundert ist das Jahrhundert des Augusts. Der Augustverbrechen, der Augustungeheuerlichkeiten, der Augustunglückszusammenhänge, der dumme August? O nein, der böse August, o ja, Sternzeichen des Löwen, auch das ist August.«

Im August 1914 begann der Erste Weltkrieg.

Im August 1939 haben sie in Deutschland schon gewußt, daß ab 1. September, 5 Uhr 45 auf Polen zurückgeschossen werden wird.

Im August 1945 fiel die erste Atombombe auf Hiroshima.

Am 13. August 1961 wurde in Berlin die Mauer gebaut.

Im August 1968 marschierten die Truppen des Warschauer Pakts in die CSSR ein.

Im August 1989 hat der Ungar die Grenze für die Bürger und Bürgerinnen der DDR endgültig weit geöffnet.

Im August 1991 fand der Putsch in Moskau statt, das war das Ende der Sowjetunion.

Am 25. August 1994 feiern sie in Paris 50 Jahre Befreiung von der deutschen Besetzung, so daß wir als deutsche Touristen die Stadt meiden sollten.

Am 28. August 1749 wurde in Frankfurt am Main Johann Wolfgang von Goethe geboren, da ging's los mit der Goethezeit, und im August 1999 müssen wir 250 Jahre Goethe feiern.

Darum beantrage ich, den Monat August aus dem Kalender zu streichen, zumal er an den römischen Kaiser Augustus erinnert, wir aber in Deutschland verfassungsrechtlich in einer Republik leben.«

### *Oma Tüchtig*

»Kaum scheint die Sonne, schon müssen sich einige ausziehen, reißen sich die Kleider vom Leib, um ihren doofen Körper dem Ozonloch zu zeigen. Und dann legen sie sich nackt in den Park – auf die Hundehaufen – und sagen: Das ist die Freiheit.

Da machen auch ältere Menschen mit, die so wie ich über dreißig Jahre alt sind. Wenn die Menschen sich ausziehn, wie die dann aussehen, das ist das reinste Babylon, was da bei Männern und Frauen baumelt und durchhängt, mein Gott, welche Abgründe!«

Ihre Klage auf Verbot des Monats August, ersatzweise bei schönem Wetter im Juli, auf Verbot des ganzen Sommers, wurde abgewiesen.

Ich träume nachts schon von meinem Beruf.

Ich muß mal zu meinem Delphin gehen, ich mache ja gerade eine Unterwassertherapie, mal sehen, was der mir rät. Oder gehört der auch noch zu meinen Alpträumen wie der folgende Fall:

Ich habe einen neuen Mandanten, der scheint mir etwas seltsam zu sein. Er ist angeklagt wegen Verunglimpfung der Bundesrepublik.

Er hatte seine Großmutter aus den Augen verloren und war aus Zufall in einen Möbelladen geraten. Da das Ganze sich an einem Sonntag zutrug, war der Laden zwar geöffnet, aber man konnte dort nichts kaufen oder bestellen und wurde auch nicht beraten. Nur betrachten konnte man sich die Möbel, die blitzblanken Küchenstühle, die gemütlichen Sessel und die teils sehr erstaunlich breiten Betten sowie Teppiche, Geschirrhandtücher, Einweckgläser und Schnellkochtöpfe, auch Topflappen und Besteckkästen, Sitzgarnituren und Anbauteile, Wandschränke und Bücherborde, Hängelampen, Stehlampen und indirekte Beleuchtungskörper. Der Angeklagte nun, der von all dem nur wenig verstand – schließlich hatte er weder auf Raten gekauft noch je etwas zum Abholpreis mitgenommen –, legte sich in aller Seelenruhe auf ein Bett, deckte sich zu und schlief den ganzen Sonntag durch.

Seine Großmutter hat ihn dann am Montag abgeholt, nachdem die notwendigen Formalitäten erledigt und die einseitige Schulderklärung angenommen worden war. Der Angeklagte ging ab Dienstag wieder in die Aldi-Gesamtschule, später auf die Schnäppchenuniversität und studierte dort 12 Semester Sonderangebote und Räumungsverkauf. Heute ist er Betrugsreferent beim Dezernat für Volksverarschung und untersteht direkt dem Bundesamt für multikriminelle Machenschaften.

Und der soll jetzt rückwirkend vor die Jugendstrafkammer wegen des Vorfalls damals in dem Möbelcenter.

Mit dem Fall bin ich vielleicht überfordert, oder sollte ich aufwachen?

## *13. Lamento und Montagsprozeß*

Hohes Gericht, fassen wir noch mal den Tathergang zusammen: Wie war das? Babylon, Griechenland, Europa – also ich glaube, ich brauche ein bißchen Ruhe. Wer auf das Alter von 50 Jahren zugeht, sieht, daß alles schneller wird, nur er selbst geht immer langsamer, aber sonst wird alles schneller, da braucht man seine Ruhe. Die bekommt man nicht geschenkt, die Ruhe, die muß man sich nehmen, die Ruhe, ausnahmsweise.

Normal läuft's doch so: Wenn ich nach Hause komme, hockt dort schon die ganze Welt vorm Sofa und sagt: »Du mußt mir helfen«.

Soviel fernsehngucken kann ich gar nicht, daß ich weiß, wo ich überall helfen muß.

Selbst wenn der Fernseher aus ist, spüre ich es, das ganze Elend dieser Welt sitzt bei mir als Patient im Wartezimmer, und ich soll die Rezepte ausstellen, aber ich bin nicht der Arzt am Krankenbett der Gegenwart.

Die ganze Welt hockt sich mir ins Zimmer vors Sofa und schreit herum:

»Ei, du bist gemeint, du mußt mir helfen«.

Mache ich ja gerne – aber als Rechtsanwalt allein gegen die Mafia und die Armut und die Gewalt?

Ein Plädoyer für mehr Menschlichkeit hilft auch nicht weiter, da muß mehr getan werden.

Sollen wir die Leute einfach weiter morden lassen, einfach so aus dem Bauch heraus, Widerstand ist machbar, Herr Nachbar, wer sich nicht wehrt, lebt verkehrt?

»Gehn mer heut abend einen trinken?«

»Gern, ich tät nur vorher gern noch mit dem Messer einen abstechen.«

»Gut – mache mer en Abstecher nach Sachsenhausen.«

»Und zum Schluß noch ein Absacker.«

Der Humor der kleinen Leute ist nicht immer politisch korrekt. Und die großen Geschäfte gehen einfach weiter, und die kleinen Leute sind beleidigt und beschweren sich nur bei mir und lassen sich sonst alles gefallen?

Nur bei mir passen sie auf – wenn ich einen Fehler mache, dann werde ich sofort auf Schadensersatz verklagt.

Nein, am Montag packe ich aus, da wird einmal Bilanz gezogen.

Wenn ich an diesen Wohltätigkeitsball vor Weihnachten zurückdenke! Es fing doch so schön an. Gleich zu Beginn trat auf der Chor der Gefangenen der Roten Armee Fraktion mit Claus Croissant als Countertenor und Inge Vieth an der Bratsche, verstärkt durch 40 hungernde Russen aus St. Petersburg, die in Dreieich untergebracht waren. Die Böhsen Onkelz spielten auch mit, sie haben den Text gesprochen:

Es gibt keinen Grund, freundlich zu sein.
Wenn dich jemand fragt, wieviel Uhr es ist,
dann weißt du nicht, was der von dir will.
Vielleicht die Jacke, die Uhr, dein ganzes Geld,
und selbst, wenn er nur wissen will, wie spät es ist,
ist das noch lange kein Grund, freundlich zu sein.
SAG NEIN!

Hör zu, was ich dir sage:
Hör weg, schau nicht hin, paß auf dich auf,
wünsch dir selbst einen schönen Tag
und geh bloß nicht zu langsam,
und bleib vor allen Dingen nicht stehn.
Und wenn dich jemand fragt, wie's dir geht,
SAG NEIN!

Wenn dich jemand bittet, ihm Feuer zu geben,
gib Fersengeld, hau ab,
und wenn dich jemand anbettelt,
    sag »Danke gleichfalls« und geh weiter.
Das ist noch lange kein Grund, freundlich zu sein.
Lächle nicht, schau gerade aus,
Wer grinst, muß sich nicht wundern, das provoziert.

Hör zu, was ich dir sage:
Wo du auch bist, ist es gefährlich,
hör weg, schau nicht hin, schlag auf sie ein,
    triffst immer ein Schwein,
und belästige niemand mit Freundlichkeit,
und belästige niemand mit Freundlichkeit.
SAG NEIN – SAG NEIN!

Das war natürlich ein Skandal, ein Aufruf zur Gewalt. Daraufhin haben sie mit allen Mitteln versucht, Spendenstimmung zu erzeugen.

Auf der Bühne gab's ein Schaufüttern für Obdachlose. Die wurden mit vegetarischen Platten, Joghurt und naturtrüben Säften gestopft und abgefüllt, bis sie gesungen haben. Und dann hat Ute Lemper Bert Brecht gekotzt und ein Gedicht von Paul Celan aufgetragen.

Da haben sich die angeblich geistig Behinderten halbtot gelacht. Die wurden mit Weihnachtsplätzchen, in denen Valium verbacken war, stillgestellt.

Mit großer Geste werde ich als Verteidiger der Wohltätigkeitsbetrüger ganz allein alle Beweise gegen sie zusammentragen, und wenn ihnen dann die Kinnladen runterklappen, beantrage ich – nein: nicht Freispruch für alle, die Zeiten sind vorbei, sondern – die Höchststrafe, bevor der Staatsanwalt nach Luft schnappen kann. Das wird ein Showeffekt, wie er sein muß im Kino.

## 14. *Die deutsch-amerikanische Freundschaft*

Wer ist Freund, wer ist Feind? Früher dachte ich, die Amerikaner sind unsere Feinde, und ganz früher habe ich sie bewundert. Ich glaube, ich wollte immer Anwalt sein in den USA. Dort spielen ungeheuer viele Filme direkt im Gerichtssaal. Der amerikanische Strafprozeß ist dramatischer als der deutsche. Als Zuschauer erleben wir dort den fairen Zweikampf zwischen Verteidigung und Anklage, der bei uns bloß eine vorher abgesprochene Mauschelei ist. Die deutschen Gerichtsteilnehmer sind alle vorbereitet, sie haben die Akten studiert, die wichtigsten Fakten wie auch das zu erwartende Urteil wurden schon in der Zeitung veröffentlicht.

Ganz anders zeigt sich Amerika, naiv und unvorbereitet sind der Richter und oft auch der Angeklagte, der sich fragt, was er hier zu suchen hat. So entsteht Spannung im Kreuzverhör. Ich hatte auf Perry Mason verwiesen, die großen Gesten der großen Verteidiger in den großen angelsächsischen Filmen und Fernsehserien. Liebling Kreuzberg dagegen spielt nicht in Berliner Gerichtssälen, sondern in den Kneipen der Hauptstadt. Das zeigt, wo die Gerechtigkeit in Deutschland zu Hause ist.

Ich bin geprägt von der deutsch-amerikanischen Freundschaft: Mich hat Entenhausen beeindruckt und Donald Duck und weniger Tolstoi und Stalingrad.

Die deutsch-amerikanische Freundschaft hat das

Leben lebenswert gemacht in Deutschland nach 1945, da ging für uns das Fenster auf, ex occidente lux. Da wurde endlich das Ansehen der Welt in Deutschland erkämpft, nachdem Deutschlands Kampf um sein Ansehen in der Welt einen Dämpfer erlitten hatte.

Gold Dollar und Chewing Gum. Und die Musik. Nie waren wir so frei wie unter amerikanischer Besatzung. Hessen war ein Zentrum der amerikanischen Besatzungsfreundschaft.

Ich komme aus Gießen an der Lahn, ich habe es also auch nicht einfach gehabt im Leben. Ich erinnere mich noch an die fünfziger Jahre. Shanghai an der Lahn hat der STERN damals Gießen genannt, so viel war da los. Der amerikanische GI stand mit seiner deutschen Freundin auf der Straße und sagte zu ihr: »I love you.« Und sie antwortet: »Laaf du nur, isch fahr mittem Bus.«

In den Sechzigern, das waren meine Wanderjahre, bin ich von Gießen nach Frankfurt am Main gezogen über Butzbach – ohne längeren Aufenthalt in Butzbach, direkt von Gießen an der Lahn nach Frankfurt am Main. Dort residierte der AFN, American Forces Network, der Radiosender, der die Welt nach Deutschland gebracht hat, die Musik, Jazz, Rock 'n' Roll – Negermusik, wie das damals hieß. (Ich erinnere mich besonders an den Wetterbericht mit Werner Lamb from the Rhein-Main-Air-Base: »Idd wihll bie pahtlie klaudie tunait wiss some rejni schauers, end iff ju dount wont tu biekamm wett, tejk jur ambrella wiss ju.«)

Das waren die Sternstunden der deutsch-amerikanischen Freundschaft.

Oder hören Sie dieses oberhessische »R«, spüren Sie die Verwandtschaft mit der amerikanischen Sprache, die ja aus Oberhessen kommt. Elvis Presley war 1959 stationiert in Friedberg. Hier liegt die Wurzel des Rock 'n' Roll: nicht Memphis, Tennessee, sondern Friedberg, Oberhessen.

Darum beantrage ich Freispruch für Hessen. Bitte? Das Hohe Gericht zieht es vor, die Verhandlung zu unterbrechen? Gut, dann ist eben hier eine Pause.

# *II Letzte Bestellung*

## *1. Ich arbeite als Kellner*

Wer hat das Bier bestellt? Niemand? Dann ist es also für mich. Ja, Frau Chefin, gleich mach ich die Abrechnung, vorher nehme ich die letzte Bestellung entgegen.

Was darf's sein, die Karte bekommen Sie nicht mehr, die Küche ist geschlossen, in der kalten Küche hatten wir Frikadellen, Soleier, Fleischkäse, Mettbrötchen und Zervelatwurstbrot mit Gewürzgurken und Handkäs mit Musik, die Gulaschsuppe ist aus, aber es ist sowieso niemand mehr in der Küche, hängen Sie den Mantel bitte dahinten an den Haken und nicht hier über den Stuhl, sonst komme ich nicht vorbei, wir sind hier nicht im Wartesaal, aber machen wir die Getränke, jetzt mal einer nach dem anderen, und wenn's geht, nimmt jeder dasselbe, dann geht's schneller, es ist sowieso die letzte Bestellung, dann mache ich Feierabend.

Meine Damen und Herren, das ist kein Plädoyer, das ist eine Urteilsverkündung.

Der Rechtsanwalt ist tot, es lebe die Kellnerei.

Meine Mandanten haben Recht und Gerechtigkeit nur als Serviceleistung ihres Anwaltes benutzt. Gut, jetzt bin ich im Service.

Das Gesetz steht nicht mehr auf der Seite des Rechts, sondern dient dem Verbrechen, das die Welt regiert: Der Gangster lacht, Justitia kichert – hoffentlich Allianz versichert.

WIE DAS VOLK NICHTS VOM GESETZ, SO WEISS DAS GELTENDE GESETZ NICHTS VOM VOLK; DIE BEIDEN KENNEN SICH NICHT.

Ich hatte den Überblick verloren. Und dadurch habe ich wieder den Durchblick gewonnen. Denn der Überblick ist ja, wenn du über den Dingen stehst, und der Durchblick ist, wenn du in den Dingen steckst. Dann blickst du durch sie durch oder an ihnen vorbei, aber nicht einfach nur über sie hinweg. Was ist jetzt besser: Überblick oder Durchblick?

Das Ergebnis meiner Überlegungen ist: Ich verzichte auf Identität, Identität ist bloß eine Ortsangabe, ein Adressenaufkleber, Identität ist eine Stimmung unter vielen, eine Laune der Natur. Ich sage mir:

I'M NOT SEARCHING FOR IDENTITY: I HAVE TOO MUCH IDENTITY.

Ob Mann, ob Frau, ob jung, ob alt – weiß, schwarz, schwul, grün, Rechtsanwalt, Linker oder Libero: Egal! Ich bin kein Diener, aber ich bediene.

Die Kanzlei ist geschlossen, willkommen im Gasthof »Zum Pinguin«.

Aber bitte nicht verraten, wo der Gasthof liegt, wir haben nur dreißig Plätze und genügend Stammkundschaft. Wir wollen nicht in den Guide Michelin aufgenommen werden mit fünf Rotzlöffeln und vier Schlafmützen und auch in kein Stadtmagazin für Metropolenamateure und Erlebnissaufen.

Im »Pinguin« hat's eine Chefin, einen Oberkellner, zwei Stammtische mit je sieben Plätzen und vier quadratische Tische mit Resopalplatte und vier einfachen Stühlen. Wer keinen Sitzplatz hat, muß oder darf an der Theke stehen. Aschenbecher gibt's nicht, der Boden wird einmal die Woche geputzt, aber die Bierleitung ist sauber. Die Getränke sind preiswert und in Ordnung, das Essen ist mehr für den Notfall gedacht. Auf der Herrentoilette befindet sich ein Kotzbecken.

Das ist für mich ein gesellschaftlicher Aufstieg am Ende dieses Jahrhunderts. Lieber ehrlich die Wirtin und die Gäste bescheißen – im allgemein akzeptierten Rahmen, versteht sich –, als einen aussichtslosen Kampf ums Recht führen.

Frau Chefin, ich mach gleich zu, es sind noch ein paar Gäste da.

## 2. *Die Kneipe macht auf*

Ich erzähle vielleicht mal kurz, wie so ein Abend im »Pinguin« abläuft. Ich führe da genau Buch drüber. Ich bin ja noch neu im Beruf. Du mußt als Kellner genau wissen, was der einzelne Gast will und wieviel er verträgt. Sonst kann es zu Unregelmäßigkeiten bei der Abrechnung kommen.

Das oberste Grundgesetz lautet: Wer im »Pinguin« beleidigt ist oder betroffen oder rumjammert und sich beschwert, fliegt raus.

Akzeptiert werden keine Kreditkarten, akzeptiert wird aber Kritik, so lange sie gegen die Person geht und nicht um die Sache.

Bei uns gibt es Kredit nur an 80jährige in Begleitung ihrer Eltern, denn:

Froh zu sein, bedarf es wenig.

Und wer froh ist, ist ein König.

Das ist keine frohe Botschaft, nein, das ist die Botschaft, froh zu sein, also das elfte Gebot: »Du sollst keine schlechte Laune haben.«

Das ist nicht nur so dahergesagt. Wenn das deutsche Volk schlechte Laune hat, dann ist Gefahr im Verzug, dann drohen die Deutschen, über die Grenzen zu treten in fremde Länder, um dort noch mehr schlechte Laune zu verbreiten. Dann heißt es mit allen gastronomischen Mitteln die Grundstimmung im Volk zu verbessern: Freude ist Friedensdienst.

Dieses Gebot gilt im »Pinguin« nicht nur in der Karnevals- oder Fassenachtszeit, nein, auch für Ehepaare und andere Horrorteilnehmer. Wir sollen immer froh sein, ja, Frau Chefin, ich bin froh, denn froh zu sein, bedarf es wenig.

Was heißt das?

Wer wenig hat, kann wenigstens froh sein.

Geschieht nicht genug, daß Freude aufkommen kann am Tag und auch in der Nacht?

Dem Nachbarn fällt ein Dachziegel auf den Kopf, der Vorgesetzte erleidet vor Ihren Augen einen handfesten Herzinfarkt, der Bundeskanzler hält eine Rede – haben wir nicht alle Spaß an diesen Dingen, und ist Schadenfreude nicht die größte aller Freuden?

Froh zu sein, bedarf es wenig, und wer froh ist, ist ein König.

Was aber ist ein König? Unser größter deutscher König, Friedrich der Große, hat es einmal gesagt: Ich bin der erste Diener meines Staates. König sein heißt dienen müssen.

Darum spricht man auch davon, daß der Kunde König sei. Der Kunde in unserer modernen Dienstleistungsgesellschaft wird nicht mehr bedient, sondern er dient dazu, daß die Angestellten sich über ihn lustig machen. Das ist furchtbar, das ist grausam.

In den großen modernen Buchhandlungen wie Hugendubel (klingt wie Weißwurst, aber es gibt tatsächlich Bücher dort) wird man angeschnauzt: »Die Kasse ist unten«, wenn man bloß nach dem Roman »Soll und Haben« von Gustav Freytag fragt.

Die bedienen nicht, die nehmen einen in die Mangel, Heißmangel, das kennt man ja, dabei gehen meist die Knöpfe an den Hemden kaputt.

Ich lasse in der Reinigung immer von Hand bügeln,

obwohl die Angestellte sagt: »Das macht viel Arbeit mit von Hand, warum nicht geben in Wäscherei?«

Komisch, daß einem dauernd die Leute sagen, daß ihre Arbeit ihnen viel Arbeit macht. Sie wollen Arbeit haben, aber nicht arbeiten.

Wenn ich zum Beispiel heute mein Hemd in die chemische Reinigung bringe, ist es selten vor morgen fertig.

»Reicht's morgen abend?« werde ich gefragt und antworte: »Aber selbstverständlich.«

Selbst wenn draußen über dem Eingang der Reinigung steht: »1 Std. Martinizing«, sind meine Hemden erst morgen fertig. Ich weiß auch nicht, was Martinizing heißt, aber ich muß mich damit abfinden, daß meine Hemden erst morgen fertig sind, und zwar gereinigt und gebügelt. Ich lege Wert auf gebügelte Hemden.

Ab einem gewissen Alter ist das Gesicht so faltig, daß wenigstens die Hemden gebügelt sein sollten. Nicht nur vorne, auch am Rücken gebügelt.

Und damit hat es eine religiöse Bewandtnis.

Der heilige Sankt Martin nun ritt einmal vor sich hin und traf einen Obdachlosen, den man damals noch Bettler nannte, und der fror fürchterlich. Da riß sich der hl. Martin sein Hemd vom Kreuz, teilte es in ein Oberhemd und ein Unterhemd und gab dem Bettler das Unterhemd.

Diese Prozedur des Hemdenzerreißens nennt man nach dem hl. Martin »Martinizing«. Weil sie in der Reinigung das Hemd wieder zusammennähen müssen, dauert es eben bis morgen abend, bis ich mein Hemd fertig wieder bekomme.

Ja, König sein heißt dienen müssen. Daher ist unser Wort »Froh zu sein, bedarf es wenig. Und wer froh ist, ist ein König« besonders an unsere Gäste im »Pinguin« gerichtet.

Ich habe keine Angst vor meinen Gästen, denn wo man singt, da laß dich ruhig nieder, nur anständig schlechte Menschen haben gute Lieder.

Die Kneipe ist die Schule des Lebens, der Gerichtssaal ist bloß der Müllplatz des gesellschaftlichen Abfalls, Justiz ist Abfallbeseitigung.

Ich bin mal in der S-Bahn gefahren, da saß ein Skinhead neben mir, der hat die ganz Zeit seinen Schuh poliert, ein großer, kräftiger Skinhead, der seinen Schuh poliert hat, jetzt dacht ich, wenn du mal rüberguckst, haut er dir aufs Maul. Rübergucken darf man nicht, man darf Leute nicht angucken, das kenn ich aus der Kneipe. Nie hingucken, wenn du hinguckst, kriegst du aufs Maul, das ist eine alte Sache aus der Zoologie. Zum Beispiel soll man auch nie einen aggressiven Hund angucken, der verträgt das nicht, und dann beißt er dich. Ich hab mal folgende Geschichte erlebt in Gießen in der Expreßhalle, da saß ich an der Theke, und da hat die Wirtin sich über einen Gast lustig gemacht, der saß auch an der Theke, so drei Meter links von mir, sie also hat etwas Dummes über ihn gesagt, und da hab ich gegrinst. Plötzlich merke ich aus den Augenwinkeln, der guckt mich an. Jetzt wußt ich genau – er ist ja unglaublich kräftig und als guter Hauer bekannt – was mach ich also? Ich habe einfach weiter gegrinst, einfach immer als weiter gegrinst, bis der gedacht hat, den Depp da beobachte ich doch net mehr. Dann hat er sich mit der Bedienung wieder unterhalten, ich aber habe aus Sicherheitsgründen weiter gegrinst, als weiter gegrinst – und das war mein Glück. Plötzlich dreht der sich nämlich um, sieht mich immer noch grinsen – und lacht. Da war der Bann gebrochen.

## 3. *Volkschor*

Frau Chefin, ich mache ja gerade die Abrechnung, aber der Kopf dröhnt mir noch von dem Volkschor, der hier heute wieder war.

Nein, Frau Chefin, Zitronen haben wir genug. Ich tue ja keine mehr ins Mineralwasser, schon lange nicht, die Gäste wollen das auch gar nicht.

Wer hat eigentlich damit angefangen, in Restaurants und Bistros und auch in normalen Gaststätten Zitronenscheiben ins Mineralwasser zu tun?

Du bestellst ein Glas Mineralwasser, und schon hast du eine Zitronenscheibe drin.

Wegen des Geschmacks kann's nicht sein, die Zitrone verbessert ein Wasser nie und nimmermehr. Vielleicht gab's mal eine Verordnung vom Bundesgesundheitsamt, daß die Deutschen an Vitamin-C-Mangel leiden. Und Vitamin C kann man nicht einfach ins Trinkwasser leiten, weil dort schon Fluor drin ist wegen Karies und Aspirin wegen der Herzinfarktgefahr und Sexualhormone, damit das deutsche Volk nicht ausstirbt. Das Wasser ist voll.

Vitamin C verträgt sich nicht mit Fluor, Aspirin und Östrogen – und deshalb müssen sie die Zitronenscheiben ins Mineralwasser tun.

Vielleicht hat es auch mit der schlechten Laune in Deutschland zu tun. Und dagegen gilt: »Sauer macht lustig.« Das ist das Wahlprogramm der Bundesregierung für 1994. Dafür kann ich als Kellner nicht einstehen.

»Herr Ober, ein Cappuccino mit Milch bitte und ohne Sahne.«

»E Fläschche Flaschebier für mich.«

»Kann ich eine Gabel haben zu dem Handkäs?«

»Ein süß gespritzter Appelwein, bitte.«

»Ein Cappuccino mit Milch und nur e bißche Kakao.«

»Ein Löffel für die Grüne Soße.«

»Ein zwote Teller für mein Mann und ein Pils, diesmal aber bitte exakt sieben Minuten.«

»So jung komme mer nie wieder zusamme.«

»Ein Ouzo – hammer net – ein Raki – hammer net – ein Pernod – hammer net – ei, was habt ihr dann? – Ei, en Doppelkorn.«

»Die Eintracht, würde ich mal sagen, der Stepanović, und der Milosević, und der Tudjman, der Ivanisović und de Izetbegović und die Ding, die Seles.«

»Einer geht noch.«

»Genauso isses.«

Das sind Fragen am Ende des Jahrhunderts – und es gibt keinen lesenden Arbeiter, der sie beantworten kann.

## 4. *Vor dem Sturm*

Normal machen wir abends auf um 18 Uhr. Die halbe Stunde davor, wenn alles zubereitet ist für den Ansturm, setzen die Frau Chefin und ich uns zusammen, trinken jeder eine Tasse Kaffee und sagen keinen Ton. Das ist die einzige Zeit am Tag, in der wir uns bedingungslos verstehen, ein himmlischer Zustand.

Wenn ich dann um 18 Uhr die Tür aufschließe, dann darf jeder eintreten, der noch nicht alle Hoffnung hat fahren lassen.

Im »Pinguin« kennen wir keinen falschen Nationalismus, die Bierdeckel sind aus Taiwan, und die Chefin kommt aus Oberursel. Wir bevorzugen den Verfassungspatriotismus. Wenn ein Gast in einer schlechten Verfassung ist, dann fliegt der raus wie eine Patriot-Rakete, Tür auf, ballistische Kurve, bumm. Nur wenn wichtige Fußballspiele übertragen werden, während der Welt- oder der Europameisterschaft, wenn es um allerletzte Fragen geht, ob der Ball drin war oder nicht, nur in diesen überlebenswichtigen Stunden verzichten wir auf Toleranz, multikulturelle Harmonie und Völkerverständigung. Dann sind wir unfair, patriotisch und fanatisch, da darf gehetzt werden, daß die Fetzen fliegen. Da werden auch Linke zu Hooligans und treiben mit Entsetzen Scherz. Doch wenn wir hier die Schleusen nicht öffneten, entstünde ein Gefühlsstau, der nach Jahren zur Gefahr wird für Europa.

In der übrigen Zeit ist es meist ruhig. Wenn einer zu viel schwätzt, sage ich zu ihm:

»Hörn Sie auf zu denken, seien Sie lieber Philosoph. Die paar Tage noch müssen wir überleben und nicht überdenken.«

»Chefin, wie ist das mit der Getränkesteuer? Wollen wir wieder nur alkoholfreie Getränke abrechnen? Das fällt auf? Stimmt!«

»Und Quittungen? Gar nicht mehr ausstellen? Auch gut.«

## 5. *Die Hauptstoßzeit*

So gegen 19.00 Uhr füllt sich der Altentisch mit unseren beiden Stammsenioren, das heißt für mich: zweimal e Schöppche, einmal Schwarzer Kater aus einem alten Vorrat und einmal Fernet Branca. Dann sitzen sie geduldig da, dann gibt's das gleiche noch einmal, und so gegen acht fangen sie an, sich zu unterhalten.

### *Oma Tüchtig*

»Ewig diese Warterei, Herr Wichtig, die ganz Zeit tuste warte – warte, warte, warte, am längste mußte drauf warte, bis es vorbei is mit der ganzen Warterei.

Aber dann hast du es auch geschafft, dann bist du aus dem Schneider, wenn alles vorbei ist.«

### *Herr Wichtig*

»Ich mein, was will man machen? Frau Tüchtig, es gibt Leute, die können sich nicht wehren. Denen muß man doch helfen. Also wenn Sie mal, sagen wir um halb vier im Winter, es is grad noch hell, und da sehen Sie – also ich sag Ihnen, es ist eisekalt – und da sehen Sie, sagen wir, eine alte Frau, so ein Mütterchen, klapperdürr, die liegt auf dem Boden, ritzeblau im Gesicht, und zittert, daß die Knoche klappern wie beim Jüngsten Gericht, jetzt sagen Sie selbst, da kann ich doch net vorbeigehn.«

## *Oma Tüchtig*

»Am längsten mußt du auf diesen verdammten Tod warte, ein unzuverlässiger Geselle, stinkfaul und widerborstig, der Tod ist ein Beamter am Postschalter, und du mußt Schlange stehn.

Aber wenn du Pech hast – du merkst grad, du bist gleich dran, vor dir ist nur noch einer in der Schlange, und dann bist du dran, macht er den Schalter zu und stellt ein Schildchen hin:

›Dieser Schalter ist im Augenblick nicht besetzt.‹

Und schon muß du weitermachen.

Der Tod ist ein blöder Hund und drückt sich, wo er kann.«

## *Herr Wichtig*

»Da geh ich doch hin, da bück ich mich, hebe die Alte auf und bring sie, sagen wir mal, zum Beispiel in die Metzgerei, setz sie da schön auf einen Stuhl, mit dem Rücken an die Wand, daß sie mir net umkippt, und dann kauf ich ihr eine heiße Brühe, was gegen die Kälte. Das bezahl ich aus meinem Portemonnaie, das mit der Supp. Und dann ruf ich mal sozusagen das Rote Kreuz an, weil die werden dafür bezahlt. Gut, die heiße Brühe geht auf mich, aber den Rest, das übernimmt dann quasi die Allgemeinheit.«

### *Oma Tüchtig*

»Wenn du den Tod mal rufst, weil du ihn brauchst für jemand anders, da kannst warte wie auf einen Eilbrief, das zieht sich ewig.

Als mein Mann noch gelebt hat, mein Gott, wie oft habe ich den Tod gerufen, daß er mir den Alten wegschafft, damit der seine Ruhe hat, mein Mann hat ja so unter mir gelitten, aber der Tod hat mir was gepfiffe. Mußt ich auch alles wieder selber machen.«

### *Herr Wichtig*

»Stellen Sie sich vor, es ist eisekalt, und da liegt das alte Tier und friert. Wenn ich net gekommen wäre, gesetzt den Fall, ein anderer hätt sie vielleicht liegenlassen. Man weiß doch, wie die Mensche sind. Da hat einer Angst, daß sie kotzt, sie könnt ja besoffen sein – oder daß sie keinen Ausweis dabei hat, und dann hab ich die Scherereien mit der Polizei, obwohl ich die gar net kenne duh.«

### *Oma Tüchtig*

»Der Tod ist kein Meister, der ist noch nicht einmal ein Geselle. Das ist ein Lehrbub.«

*Herr Wichtig*

»Oder was ganz bös wär, wenn sie schon tot is. Wär ja kein Wunder bei dem Frost. Stellen Sie sich das doch emal vor, ganz bildlich: Ich bück mich und will nur, mal so gesehen, bloß helfen, weil ich ein Mensch bin – und dann is die schon tot, und ich, ich merk's gar net. Ich schlepp die in die Metzgerei, wegen der Supp, also der heißen Brühe halber – und da ist die ihrerseits schon tot.

Das ist doch pervers, mit einer toten Leiche in die Metzgerei gehen und das Rote Kreuz anrufen, das nimmt einem doch keiner ab. Die lassen die Alte doch beim Hackfleisch liegen, die Kerle vom Roten Kreuz, weil die keine Kadaver mitnehmen dürfen, nur lebendes Fleisch.«

*Oma Tüchtig*

»Mich hat der auch vergessen, ich hab schon so oft gewinkt, aber der übersieht mich, als wär ich ein stinkender Handkäs.«

## 6. *Die Grenzgänger*

Am ersten Stammtisch treffen sich zweimal die Woche die »Grenzgänger«, wie sie sich nennen. Junge, gutaussehende Menschen, Männer und Frauen, engagierte Tierschützer, wahrscheinlich kommen sie zu uns, um den Pinguin vorm Aussterben zu schützen.

Ihr Vereinsbanner steht dann auf dem Tisch:

»Menschenrecht bricht Staatsrecht.«

Das macht sich gut, dagegen ist nichts einzuwenden. Sie essen bei uns nie, wahrscheinlich sind sie Vegetarier, aber bei unserer Speisekarte mag es auch an etwas anderem liegen. Sie sind Staatsfeinde und liegen damit voll im Trend. Staat und Politiker sind im Augenblick absolut out. Bei denen mache ich mir keine Sorgen und höre auch nur mit halbem Ohr hin: »Politiker sind wie die Tauben. Wenn sie unten sind, fressen sie uns aus der Hand, aber wenn sie oben sind, scheißen sie uns auf den Kopp.«

»Pfui über diese *grenzenlose* Raffgier der Politiker in Europa!«

»Das ist das Problem mit Europa. Die Abschaffung der Grenzen ist inhuman. Als es noch die DDR gab und den Schießbefehl, wurde man an dieser Grenze zumindest ernst genommen. Die DDR hat etwas von wahren Grenzen verstanden.«

»Das unterscheidet den spießigen Stubenhocker vom geistigen Menschen. Der Stubenhocker bleibt zu Hause, wir aber überschreiten Grenzen.«

»Zum Beispiel die Nullkommaachtpromillegrenze, die hat ja auch ihren Sinn gehabt früher.«

»Wenn in Europa die Grenzen fallen, dann gibt es keine grenzüberschreitenden Erfahrungen mehr, dann haben wir hier die Barbarei.«

»Das vereinigte Europa ist der Weg der Affen zurück auf die Bäume.«

»Genau, die Amerikaner sind schuld.«

»Es gibt ja auch nur noch Amerika, alles andere haben sie platt gemacht.«

»Der Feind steht im Westen.«

»Wenn ich jetzt mal nach Amerika gehe, da geh ich nach Westen, und wenn ich in Amerika bin und will nach Japan – dann geh ich schon wieder nach Westen. Und wenn ich von Japan wieder nach Hause will, dann geh ich immer noch nach Westen. Den Osten gibt's gar nicht mehr.«

»Weil es keine Grenzen mehr gibt. Wo soll der Osten anfangen, wenn ich nicht weiß, wo der Westen aufhört.«

Das sind liebe Gäste, wie man sie sich wünscht, höflich und pünktlich, wenn's ans Bezahlen geht, Menschen, die ihre Grenzen kennen.

»Wenn ich was zu sagen hätte, würden wir sofort in Bosnien einmarschieren und dort richtige Grenzen ziehen zwischen Freund und Feind und sofort Menschlichkeit herstellen.«

Nun ja, manchmal schreien sie halt ein bißchen, aber ich sag immer, das muß alles raus, sonst entsteht der berühmte Gefühlsstau – und der führt zur Gewalt.

Bitte Frau Chefin, das sind Nazis, wieso? Die Argumente kenne ich auch von anderer Seite. Und »Menschenrecht bricht Staatsrecht« ist doch super und schwer radikaldemokratisch.

Nein, wer hat das geschrieben? Das wußt ich nicht, peinlich, peinlich. Ich dachte immer, Walter Jens sei der Autor, als er damals vor Mutlangen lag und den Pazifismus an Bord hatte. Es war aber Adolf Hitler in »Mein Kampf«.

Drum hört mir auf mit der Juristerei, sie bringt nur Verwirrung und verwischt alle Grenzen.

## 7. *Die Kommunisten*

Am Kommunistenstammtisch nebenan haben sie auch nur ein Thema:

Kennt ihr die Geschichte, wo Helmut Kohl mit einem Strick unterm Arm in den Wald geht? Nein? Kenn ich auch nicht, aber fängt ganz gut an.

Aber ihr eigentliches Thema ist der Verrat.

Wer hat angefangen, uns zu verraten?

Der erste Verräter war der Gründer der SPD.

Nein, der Noske, der Ebert und der Scheidemann.

Was war mit Herbert Wehner?

Der schlimmste Hund im ganzen Land ist und bleibt der Denunziant.

Aber der Wehner hat nur die verraten, die schon verhaftet waren.

Das fängt doch in der Schule schon an, wenn der Lehrer kommt und fragt: Wer war das?

Hat der Wehner gesagt: Der war das!

Warst du mit dem in einer Klasse?

Ja, in der Arbeiterklasse.

Verrat ist immer eine Frage des Zeitpunkts.

Richtig, wenn das Abitur vorbei ist, kann ich dem Lehrer verraten, wer's gewesen ist. Aber vorher keinen Ton.

Wer Weißwein trinkt in der Toscana, das ist für mich ein Verräter.

Wer heut noch in der Gewerkschaft ist, der ist ein Verräter am Gewerkschaftsgedanken.

Was issen das?

Was?

Der Gewerkschaftsgedanke?

Das ist, wenn man zusammen und dann quasi gemeinsam, und am Ende muß was dabei rausspringen.

Wer hat uns verraten?

Im Laufe dieser Gespräche misch ich mich dann schon mal ein:

Bevor ihr jetzt anfangt zu singen, will ich euch Kommunisten mal sagen, was wirklich los ist.

Etwas ist bei euch vergessen worden, nämlich daß man sterben muß, der Tod also. Anfang des 20. Jahrhunderts hat man sich zusammengesetzt und gesagt: Was haben wir jetzt alles?

Autos, Flugzeuge, Kino, Telefon und Eisenbahn – was fehlt, um diese Errungenschaften genießen zu können?

Zeit fehlt, die Unsterblichkeit, sterben wollen wir nicht mehr. Ihr Kommunisten kamt dazu und habt gemeint: Gut, da sind wir dabei, Eugen Leviné sagte: Revolutionäre sind Tote auf Urlaub. Und die Kommunisten wollten an die Macht, damit der Urlaub nie aufhört: Dann scheint die Sonn ohn Unterlaß, hieß es.

Heute weiß man, wie gefährlich das wäre für die Haut.

Ja, Kapitalismus und Kommunismus wollten den Tod abschaffen. So kam es zur Gründung der Pharmaindustrie: Alle wollen ewig jung sein, zum Sterben keine Zeit. Menschen, das ist pervers. Es steht ja in allen Todesanzeigen: »Verstarb viel zu früh, viel zu früh, viel zu früh.« 1909 geboren, aber immer noch viel zu früh. Das ist unnatürlich. Früher war man schon mit dreißig genial und konnte in Ruhe den Löffel weglegen, heute will man mit 60 immer noch den ersten Roman schreiben, da kann ja nichts Gutes draus werden. Wenn man dagegen weiß, daß man sterben muß, geht's einem doch gleich schon viel besser, denn so lang kann's gar nicht mehr dauern, schon aus natürlichen Erwägungen heraus.

Wenn ich Sie umbringe, ist das Ihr natürlicher Tod, ich bin doch ein Teil der Natur. Auch der Mörder ist eine natürliche Angelegenheit. Oder wenn man im Gebirge rumkraxelt und fällt runter vom Berg – würden Sie dann sagen, ein Berg ist unnatürlich, nur weil Sie von ihm runtergefallen sind? Das ist nicht unnatürlich oder widernatürlich oder pervers, das ist einfach ein schöner Berg.

Oder wenn mir ein Kernkraftwerk auf den Kopf fällt, ist das ein natürlicher Tod, die Natur besteht aus Atomkernen. Gut, man kann sagen, daß es übernatürliche Kräfte waren, die das Atomkraftwerk hochgehoben haben – dann würde ich hier auch eine Ausnahme sehen, das wäre dann kein natürlicher Tod, sondern transzendentale Meditation.

Der Kommunismus dagegen ist an sich was Schönes, er macht einen Riesenspaß, weil es ihn gar nicht mehr gibt. Das ist das Neue an der Gegenwart.

Der Kommunismus muß komisch sein. Dann lacht der ganze Saal und ruft: Das Ganze noch einmal. Der bisherige Kommunismus war nicht komisch genug, ich gebe zwar zu, Stalin hat oft gelacht – aber nur an den falschen Stellen. Das ist verbürgt, das weiß man heute, gerade von denen, die ihn nicht überlebt haben.

Der Kommunismus kann natürlich nur komisch sein,

wenn er nicht an die Macht will. Das war der zweite Fehler. Kommunisten an die Macht, so was Doofes. Der Kommunismus ist da, um rumzustänkern und schöne Krawalle zu organisieren, nicht, um die Macht zu verwalten. Das ist doch langweilig. Stellen Sie sich vor, als Kommunist sind Sie Direktor eines Wasserwerkes, das verdirbt die ganze Ideologie. Was hat das mit Kommunismus zu tun? Linksradikale Wasserregulierung. Oder Sie sind Verkehrsminister, dann bauen Sie bei der Autobahn nur die linke Spur aus. So ein Blödsinn.

Ja, Frau Chefin, die Kommunisten sind pünktlich gegangen wie immer, um fünf Minuten vor zwölf, und sie haben heute abend bezahlt, auch den Deckel vom letzten Jahr. Keine Ahnung, wo die das Geld herhaben.

## 8. *Geburtstag der Chefin*

Zur Chefin darf ich nur Frau Chefin sagen, nicht Frau Wirtin, sie hat mal an der Lahn gearbeitet, und seit der Zeit ist sie sehr empfindlich. Neulich hat sie Geburtstag gefeiert, sie ist sechzig geworden, ja, Frau Chefin, Ihr Geburtstag, einmalig, wirklich, und schön viel Geschenke – die sind wir über Weihnachten wieder losgeworden. Was die Heilsarmee nicht genommen hat, hab ich zum Sperrmüll gelegt.

Ach, der Geburtstag der Chefin war schön. Ich liebe Geburtstage. Wenn andere Geburtstag feiern, kann man in aller Ruhe an sich selbst denken. Beim eigenen Geburtstag mußt du dich dauernd bedanken und darfst niemand beleidigen.

Geburtstag: die Geburt, das Leben, der Tod, das sind die Themen. Soll man Fleisch essen, oder ist der Mensch dazu verurteilt, Bier zu trinken? Wo endet der Mensch, und wo beginnt der Rentner? Oder beginnt der Mensch erst als Rentner? Was ist der Mensch?

Der Mensch ist ein Sender und ein Empfänger.

Wenn er auf die Welt kommt als kleines Baby, ist der Empfänger schon voll entwickelt, der Sender noch nicht. Dadurch entstehen oft Mißverständnisse bei den Eltern, bei denen sich Sender und Empfänger als gleichberechtigt eingependelt haben. Das Mißverständnis entsteht, das Kind habe auch keinen Empfänger, weil es noch nicht senden kann, und würde deshalb nichts mitkriegen (empfangen). Das aber ist falsch, Kinder kriegen alles mit, aber sie senden noch nicht. Die

Reaktion darauf kommt später als Rache des Jugendlichen und als Schwachsinn des Erwachsenen, der, im Gegensatz zum Kleinkind, nur noch Sender ist. Mit 25 Jahren wird dein Empfänger schwach und schwächer, mit dreißig ist er kaputt. Dann wird nur noch gesendet.

Ein ganz anderer Gesichtspunkt: Männer können nicht stillen, das ist für mich schlimmer als nicht gebären zu können. Stillen, das Stillegen eines Menschen, nicht durch Mord, sondern durch Zufriedenstellen – das ist etwas Schönes, das können wir nicht.

Ich werde bald 50 Jahre alt. Aber ich verrate es niemandem, ich bin doch kein Kommunist. Das trage ich mit mir selber aus. Dann wird der »Pinguin« geschlossen, die Frau Chefin ist auch weg, ich mach's Licht aus – und dann halte ich mir selbst einen Lebensrückblick, der sich gewaschen hat.

Ich feiere mich mit allem Drum und Dran. Denn ich bin wieder wer. Mit mir haben heute noch wichtige Leute ein Hühnchen zu rupfen, ich bin Staatsfeind Nr. 1, ich muß offensichtlich dabeigewesen sein bei einem der tollsten Ereignisse in der deutschen Geschichte, ohne es gemerkt zu haben.

Ich habe die ganze bürgerliche Kultur, das ganze deutsche Erziehungssystem, alles, was schön, gut und wahr war, kaputtgemacht, alles zerstört, was dem Abendland hoch und heilig war und ist, ich bin ein toller Kerl. Ich hab das nicht gewußt, ich hab das nie gewußt, ich habe es letztes Jahr erst erfahren, was für ein toller Typ ich bin.

Ich bin ein 68er, ein Alt-68er. Ich bin mein eigenes Vorbild. – Mein Gott, daß einem das endlich jemand sagt, und dafür danke ich Brigitte Seebacher-Brandt und ihrem Rachefeldzug in der FAZ, und ich möchte, wenn der Name Brigitte Seebacher-Brandt fällt, nie wieder etwas von Witwenverbrennung hören. Obwohl der Gedanke nicht schlecht ist.

1968 war ja ein interessantes Jahr, ich erinnere mich genau, das war im Februar 68, da war ich vorher mit der Gaby zusammen, und dann hatten wir uns getrennt, irgendwie wollte die nicht mehr, die hatte, glaube ich, einen anderen Freund, und da bin ich auf die Straße gegangen und eben, na ja. So kam es damals zu Demonstrationen, auch teilweise zu Gewalt, weil man sauer war wegen der Gaby und hat Scheiben eingeschmissen. Die Amerikaner haben das nicht verstanden, die kannten die Gaby auch nicht. Diese Zusammenhänge damals waren weltweit. Es muß überall eine Gaby gegeben haben, sonst kann man die vielen Demonstrationen nicht erklären.

Ich hatte immer das Gefühl, was Besonderes zu sein, was besonders Abartiges, nämlich ein Kleinbürger aus Gießen. Und deshalb wollte ich auch immer bloß dazugehören, ich war nie einfach nur dagegen, im Gegenteil, ich wollte immer bloß dazugehören. Ich will auch heute dazugehören. Nur wozu ich gehören will, das weiß ich bis heute nicht.

## 9. *Einsteins Theorie*

Einer kommt immer kurz vor Feierabend, immer zehn Minuten vor Schluß, egal, wann ich schließen will, zur Polizeistunde oder aus Gefühl. Ich garantiere, wenn ich zumachen will in der nächsten Viertelstunde, dann steht der Einstein innerhalb von fünf Minuten bei mir auf der Matte. Er ist ein alter Freund von mir, er hat behauptet, er habe mal als Kellner im Café Einstein in Berlin geschafft, inzwischen ist er Taxifahrer in Frankfurt, einer der besten Menschen, die ich kenne.

Sein Hauptproblem besteht darin, daß er nicht Schluß machen kann. Du kannst ihm tausendmal ein letztes Getränk geben, er will immer noch ein allerletztes.

Er kann nun mal nicht Abschied nehmen …

»Ich weiß, daß du nicht schuld bist, sondern die Sperrstunde, also die Bullen, aber is doch scheißegal, darum geht's doch gar nicht. Die Frage ist nicht mehr:

Wer ist schuld? Sondern: Wer hat damit angefangen? Und wer verdient eine aufs Maul? Wie in der Schule, wenn die Kinder sich prügeln und der Lehrer reinkommt, dann fragt er: Wer hat damit angefangen?

Nur die Blöden sagen: Ich.

Die Bibel fängt auch so an im 2. Teil: Am Anfang war das Wort. Wunderbar, damit kann ich was anfangen. Aber Achtung, es geht weiter: Und das Wort war bei Gott. Wie soll ich das verstehen? Am Anfang war gar nicht das Wort, sondern Gott, und dann kam das Wort und war bei Gott. So zeigt die Bibel schon mit ihren ersten beiden Sätzen, daß alles gar nicht so einfach ist. Und das bei nur einem Gott. Was meinst du, wie kompliziert das erst wird, wenn wir mehrere Götter haben. Dann isses vorbei mit der einfachen Erklärung der Welt.

Nur mal so als Beispiel, *liberté, égalité, fraternité*, Freiheit, Gleichheit, Brüderlichkeit. Wenn's dafür jetzt drei verschiedene Götter gäbe, von mir aus auch Göttinnen, eine für die *liberté*, eine andere für die *egalité* und die dritte für die *fraternité* – da wär im Himmel die Hölle los: Wer von den dreien hat am meisten zu sagen, wer ist die wichtigste Person, wer entscheidet im Ernstfall, die Freiheit, die Gerechtigkeit oder die Brüderlichkeit? Und wer hat überhaupt mit dem Streit angefangen, und wer war als erster da, Freiheit, Gleichheit oder Brüderlichkeit? Das wäre eine Religion, die auf der Chaos-Theorie und der Relativitätstheorie beruhen würde, obwohl beide gar nicht kompatibel sind. Ich selber verstehe null von Naturwissenschaft. Ich versuch's mal mit meinen Worten. Wenn man fragt, wer hat damit angefangen, ist das eine Frage nach Ursache und Wirkung.

Du bist die Ursache dafür, daß ich jetzt keine Wirkung habe.

Jede Wirkung hat eine Ursache. Ein Beispiel: Ich hatte gestern einen dicken Kopp, weil ich vorgestern zuviel getrunken habe. Das ist eine monotheistische Logik, wobei in dem Zusammenhang zuviel Alkohol für Gott steht, mal rein nur als Beispiel: Am Anfang war der Durst, und der Durst war beim Wein, und dann kam der dicke Kopp. Jetzt kommt die Chaos-Theorie oder

der Polytheismus, also für alles viele Gründe und viele Götter, und sagen, Schluß mit der linearen Logik, es lebe der fraktale Fatalismus. Da gab's vor Jahren mal einen Schlager: Ob es so oder so oder anders kommt, so wie es kommt, so ist es recht, es kommt sowieso nie so, wie man es gerne möcht. Das wär also in meinen Worten die moderne Naturwissenschaft – und da ist doch was dran, oder?«

Gerade in der Kneipe sind Menschen oft fähig, größere Zusammenhänge erklären zu können, tagsüber eher selten.

## *10. Gastronomie als Utopie*

Frau Chefin, ich mach jetzt Schluß. Hallo! O Gott, jetzt ist sie eingeschlafen. Neulich ist schon mal so eine Katastrophe geschehen. Sie ist eingeschlafen, ich hatte schon vor ihr das Lokal verlassen, und die Linsen standen noch auf dem Feuer, die Linsensuppe ist ihr angebrannt, das grausame Linsengericht hat so gestunken, daß zuerst die Feuerwehr kam, dann die Polizei und schließlich Amnesty International, weil die Nachbarn sich wegen Geruchsfolter beschwert hatten. Seit diesem Vorfall bin ich derjenige, der hier als letzter das Licht ausmacht. Du mußt immer vorsichtig sein und aufpassen: Wer ist Freund, wer ist Feind, und worum geht es überhaupt?

Es geht um die Macht.

Wer in der Stunde der Ausnahme zum Täter wird, das ist der eigentliche Souverän. Der Regelfall in der Stammkneipe ist doch der, daß Bier ausgeschenkt wird. Nun tritt um 1.00 Uhr der Notstand, die Ausnahme, die Polizeistunde ein: Ende des Ausschanks. Und wer in dieser Stunde sich durchsetzt, der Kellner oder der Stammgast, der ist Souverän der Kneipe.

Wie meistert ein guter Kellner die Lage?

Das ist heute die zentrale Frage für Deutschland und für die Einigung Europas.

Und weil Staat und Justiz am Absterben sind, an ihren eigenen Selbstzweifeln verbrennen, und weil es noch eine böse Zeit dauern wird, bis sie sich wie Phönixe aus der Asche neu erheben, nenne ich diese Zwischenzeit die Epoche des Pinguins, also des Oberkellners unter den Tieren.

Die Stammkneipe ist der Ort, an dem die neue Utopie, der neue Traum von einer besseren Welt, entsteht durch die Feindschaft zwischen Gast und Kellner. Sie sind existentiell Feinde. Aber:

Sie vernichten sich nicht, sie sind aufeinander angewiesen und reden miteinander.

Und manche Freundschaft ist schon entstanden in den Schützengräben der Nacht, und Liebe ist entflammt im Sperrfeuer der letzten Bestellung.

Feierabend.

# *III Heimweg*

## 1. *Rückblick auf den Montagsprozeß*

Das Recht macht keine Freude mehr, wenn es niemanden gibt, der die Macht ergreifen will, um anderen seine Vorstellung von Recht aufzuzwingen. Wenn das Leben ein Kindergarten ist, dann ist das Recht die Regel, nach der hier gespielt wird. Doch Macht und Recht haben kapituliert, das Verbrechen triumphiert, da gibt's nur eins: mitmachen.

Das, wofür man kämpft, prägt einen weniger als das, wogegen man kämpft. Ich habe den inneren Staatsanwalt in mir entdeckt und wollte nicht mehr der Anwalt der schlechten Laune sein. Das einfache Sein hat mir gelangt, ich wollte was tun.

Nun habe ich im Montagsprozeß groß plädiert, mich aber von der eigenen Kraft fortreißen lassen und Todesstrafe für meine eigenen Mandanten gefordert, ich hatte alles vergessen, was ich beim Studium und in der Praxis gelernt hatte. Ich beantragte die Todesstrafe.

Doch im Gerichtssaal hat es keiner bemerkt. Sie lächelten mir freundlich zu, und es kam zum Freispruch.

Mitverantwortlich für den Wohltätigkeitsball war auch eine Dichterin, die sich lyrisch verteidigte und auch damit durchkam:

Grausam ist des Schicksals Walten,
Alles, alles bleibt beim Alten.
Grade hat es laut gepatscht,
Ein Mensch ward an ein Haus geklatscht.
Alle Leute gehen weiter.

Selbst ein Polizist ist heiter.
Wo ist der Sinn?
Kein Mensch schaut hin.
Eine Straße weiter oder zwei
Verhallt im Wind mein feiger Schrei.

Da wußte ich, daß mein Weg nicht mehr durchs Paragraphengestrüpp führen darf.

Höhepunkt für mich war der Auftritt eines Seniorenrappers aus dem Altersheim. Der hat ein Lied gesungen, danach hatten sie ihn beim Wohltätigkeitsball rausgeschmissen.

Frag nicht wie – frag nicht wo,
Frag nicht, was für eine Frage.
Sag doch: Sie, sag doch: So,
Sag doch: So ist deine Lage.

Du bist nichts, drum bleib am Ball,
Du bist bloß ein sozialer Fall,
Die Menschen wohnen in Häusern drin,
Der Sozialfall schleppt sich auf der Straße dahin,
Die Menschen haben Familie und Wärme,
Der Sozialfall hat die Kälte im Gedärme,
Die Menschen machen sich die Liebe frei,
Der Sozialfall fickt nur mal nebenbei,
Die Menschen werden für die Wohltätigkeit gut,
Der Sozialfall hat eine teuflische Wut,
Für die Menschen ist Jesus der Erlösungsvermittler,
Der Sozialfall schreit laut »Verdammt, verflucht«
und auch »Heil Hitler«.

Drum frag nicht wie, frag nicht wo,
Frag nicht: was für eine Frage?
Sag doch: Sie! Sag doch: So!
Sag doch: Wie ist Ihre Lage?
Wie ist Ihre Lage? Wie ist Ihre Lage?
Hol dir, was du brauchst, und frag nicht woher,
Und wenn du nichts mehr hast,
  dann hol dir noch mehr.
Hol dir, was du brauchst, und frag nicht woher,
Und wenn du nichts mehr hast,
  dann hol dir noch mehr.

Mit dem Lied ist der ins Publikum gegangen, von allen Ecken kamen plötzlich Leute in Lumpen mit geöffneter Hand – da gab's tosenden Beifall. Aber als die Gruppe die Handtaschen einsammelte und den Herren die Armbanduhren und Brieftaschen wegnehmen wollte, da haben die Schwarzen Sheriffs die Jungs rausgeschmissen. Der Wachdienst war extra anwesend, falls es Übergriffe gibt von den Faschisten.

Er hat ja auch einwandfrei funktioniert.

## 2. *Schwarzwaldmaschine*

Aus aktuellem Anlaß kann ich Ihnen erzählen, was jüngst im »Pinguin« geschah. Es trafen sich so richtig incognito die Kulturverantwortlichen der Stadt Frankfurt und fragten sich: Wie soll das weitergehen? Der Einstein war zufälligerweise auch anwesend und hat dazwischengerufen:

»Hier, hör mal, warum soll das überhaupt weitergehen?«

Damit war die Veranstaltung beendet, die meisten haben das Lokal fluchtartig verlassen, nur zwei Spezialisten blieben bei uns. Unaufdringlich, wie es die Art des höflich Dienenden ist, habe ich sie mit Getränken verwöhnt und zugehört. Im Herbst wird es zu einem neuen Frankfurter Theaterereignis kommen: zur Aufführung der »Schwarzwaldmaschine« von Heiner Müller mit Klaus Jürgen Wussow, Veranstalter ist das TAT. (Am Anfang war das TAT, und das TAT war bei der Stadt, und die Stadt war beim TAT.)

Zunächst treffen sich Adolf Hitler und Josef Stalin, um den Hitler-Stalin-Pakt zu feiern. Hitler sagt: »Gesundheit ist Pflicht«, und Stalin antwortet: »Der Wald steht schwarz und schweiget.« Beide beschließen, eine Kurklinik im Schwarzwald zu gründen, um den Zweiten Weltkrieg zu verhindern. Professor Brinkmann schließt daraufhin mit der Deutschen Ärztekammer das Münchener Abkommen.

Thomas Gottschalk fährt Heinz Rühmann, der von Wolfgang Schäuble dargestellt wird, in einem Rollstuhl die Berge hinab und jodelt: »Ein Fall für Tote – die Einschaltquote.« Rühmann nörgelt: »Der Krieg ist der Vater aller Dinge«, da kommt Boris Becker mit einer Milkaschokoladenbabs unterm Arm und ruft: »Vater werden ist nicht schwer, Vater sein dagegen sehr.«

Der Chor der geattentateten Sportler singt: »Bumm Bumm Baby Baby Bumm Bumm, Bumm Bumm Baby Baby Bumm Bumm – o Motorbiene.«

Nun verlagert sich die Show im 2. Akt auf eine Autobahnraststätte. Konsalik murmelt was von der Rollbahn des Friedens, Kempowski stellt ein Echolot auf in den Tiefen der Taiga, wo O. E. Hasse gerade Ruth Leuwerik am Zeug flickt, Hape Kerkeling wettet mit Harald Schmidt darum, daß noch irgend jemand im Showgeschäft schwul sein muß, der damals nicht bei Röhm dabei war, und alle Protagonisten betreten die Frankfurter Paulskirche, reißen Prometheus den Sackschutz ab und erklären die Polizeistunde für aufgehoben. Professor Brinkmann bringt Heiner Müller einen Whisky, der raucht eine Davidoff und spricht: »Friede seiner Asche.«

Hinter der Theke steht die kopflose Wirtin, der Chor der Ratten schleicht vorbei unter der Führung von Einar Schleef und wispert unverständlich: »Uiuiuiuiiujui, hört das denn nie auf.«

Die Wirtin fällt um, Brinkmann sagt zu Evelyn Harmann:

Dürr ist die Wirtin und schrecklich mager,
sie betrügt ihren Mann und auch ihren Schwager.
Die Mäuse kommen aus der Küche,

gehen in den Kühlschrank und singen:
Im Gasthof kommt noch Stimmung auf,
der Gast klopft selbst sich hinten drauf.

Der Gast, dargestellt von zwei aufeinanderstehenden Zwergen, nimmt ein großes Messer, sticht sich selbst in den Rücken, also in den oberen Zwerg, und murmelt:

Ich zwick den Speck in meiner Suppe
und träum von einer Bauchtanzgruppe.

Die Angestellte der chemischen Reinigung wirft ein:

In jedem Waschsalon – regiert die Staatsräson.
Die Guillotine ist eine Waschmaschine.
Der Wichser wichst im Hochzeitszimmer.
Der Wirt zapft schlecht und riecht noch schlimmer.
Er schüttet Jauche in den Wein.
Das soll sein Federweißer sein.

Der letzte Gast, dargestellt von Oskar Werner, ruft laut:

Jules und Jim, das Brot ist all.
Der Wirt holt Nachschub aus dem Stall.
Beleidigt ist des Wirtes Schwein.
Er ließ es brotlos und allein.

Nun brüllt der Chor von Mäusen und Menschen:

Das Weißbrot schmeckt halt aufgewärmt.
Der Darm zuckt schwer, wenn's Arschloch lärmt.

Das ist blödsinnig, aber im Theater muß so was sein, sonst bleibt das Publikum aus.
Und zum Schluß sprechen eine Italienerin, Professor Brinkmann, Leni Riefenstahl und aus dem Jenseits Petra Kelly:

Es ist die Welt ein Gasthof nur
Und nicht eine Erholungskur.
Der Mensch ist fremd als Gast für immer.
Doch hat's nicht immer Fremdenzimmer.
Die Sonne geht unter, die Nacht beginnt,
Der Fernseher läuft, die Menschheit spinnt.

## *3. Epilog*

Meine Damen und Herren, es ist alles in Ordnung.

Es besteht kein Grund zur Beruhigung.

Bleiben Sie ruhig und besonnen.

Gleich geht's weiter.

Nur keine Panik.

Sie kommen alle noch dran.

Männer und gesunde Frauen bitte zuerst, Kinder, Greise, Handgepäck und Kranke bitte in die Ablage, Änderungen vor dem Schließen des Lokals speichern, und dann gemeinsam die Arme in die Luft und tief einatmen, fassen Sie Ihren Partner an der Nase, drehen diese gegen den Uhrzeigersinn nach rechts oben und führen die Ampulle waagerecht in die Horizontale ein, beachten dabei die schädlichen Nebenwirkungen und Ihren Apotheker.

Meine Damen und Herren, verlassen Sie das Gebäude, bedeutende Lebenskünstler aus aller Welt erwarten Sie draußen auf der Straße:

Das haben Sie noch nie gesehen, das ist einmalig, da kommt Stimmung auf, da springt der Großvater noch einmal auf die Uroma und ruft: »Halleluja, jetzt geht's los!«

Die Direktion dankt Ihnen für diesen schönen Abend, wünscht Ihnen noch einen sicheren Nachhauseweg oder – wenn Sie bewaffnet sind – einen aufregenden Umweg und danach eine ereignisreiche Nacht.

Und denken Sie immer daran:

Die paar Tage noch, die wir haben, kriegen wir auch noch hin. Gute Nacht.

## *Anmerkung*

Die durch Großbuchstaben hervorgehobenen Sätze stammen aus folgenden Büchern, die hier in der Reihenfolge der Zitate aufgeführt werden:

Gerhard Mauz, *Es ist nicht immer Haarmann, der kommt.* In: Wolfgang Dreßen (Hrsg.), *Politische Prozesse ohne Verteidigung?* Berlin (Wagenbach) 1976, S. 7.

Rudolf von Ihering, *Der Kampf um's Recht* (1874). Frankfurt/Berlin (Propyläen) 1992, S. 61.

Max Ernst Mayer, *Rechtsnormen und Kulturnormen* (1903). Darmstadt (Wissenschaftliche Buchgesellschaft) 1965, S. 9.

Christiane Meyer-Thoss, *Louise Bourgeois. Konstruktionen für den freien Fall.* Zürich (Ammann) 1992, S. 13.

Erstaufführung am 20. Januar 1994 im Mousonturm, Frankfurt am Main. Regie: Ulrich Waller.

# Inhalt

## *Matthias Beltz*

***1945*** in Wohnfeld (Vogelsberg/Hessen) geboren, aufgewachsen in Gießen
***seit 1966*** wohnhaft in Frankfurt am Main. Jurastudium
***1976*** Gründung von »Karl Napp's Chaos Theater« zusammen mit Dieter Thomas. Nach dessen Auflösung mit Hendrike von Sydow und Dieter Thomas Gründung des »Vorläufigen Frankfurter Fronttheaters«
***1986, 1988 und 1990*** Programme mit Heinrich Pachl
***1988*** Eröffnung des Varieté Tigerpalast
***seit 1989*** Soloprogramme: »Gnade für niemand, Freispruch für alle«; »Füße im Feuer«
***1990, 1992 und 1994*** »Reichspolterabend« mit dem Reichspolterteam Matthias Beltz, Achim Konejung, Heinrich Pachl, Arnulf Rating, Horst Schroth
***1991/92*** »Nachschlag«, die ARD-Satire
***1993*** Adolf-Grimme-Preis in Gold; Deutscher Kleinkunstpreis
***1993/94*** »Freispruch für alle – Beltz' fröhliches Standgericht« – ein Unterhaltungskabarett mit Gästen – im Hessen DREI und ARD